一个苗的远征 1

证词与眷恋

太阿 著

百花洲文艺出版社

书名题字 曾晓刚

图书在版编目（CIP）数据

证词与眷恋：一个苗的远征.1 / 太阿著. — 南昌:百花洲文艺出版社,
2017.6
ISBN 978-7-5500-2249-2

Ⅰ. ①证… Ⅱ. ①太… Ⅲ. ①诗集－中国－当代 Ⅳ. ① I217.2

中国版本图书馆CIP数据核字(2017)第115961号

证词与眷恋

一个苗的远征 Ⅰ 太阿 著

出 版 人	姚雪雪
策　　划	周瑟瑟
责任编辑	黎紫薇
视觉总监	吴 晓
装帧设计	犇王文化
出 版 者	百花洲文艺出版社
社　　址	南昌市红谷滩新区世贸路898号博能中心一期A座20楼
电　　话	0791-86895108（发行热线）0791-86894790（编辑热线）
邮　　编	330038
经　　销	全国新华书店
印　　刷	深圳市德信美印刷有限公司
开　　本	889毫米×1194毫米　1/32
印　　张	11.5
版　　次	2017年7月第1版第1次印刷
行　　数	8600行
书　　号	ISBN 978-7-5500-2249-2
定　　价	58.00元

赣版权登字　05-2017-210

网　　址　http://www.bhzwy.com
图书若有印装错误，影响阅读，可向承印厂联系调换

谨以此书献给我日渐苍老的父母

再伟大的远征

最终都将回到故乡

2017.7

目录

从大峡谷到大瀑布

白夜之城

白夜之城

1

像一只鹰，降落在北方三角洲，
低地和沼泽的水流向涅瓦河，
有敌意的公海、无边界的北极光，
撞向木桩上的石头，血，喷薄，带来白夜。
一个如此熟悉的世界边缘，
地理远比历史真实，它珍爱西方 ——
我把脸转向欧洲，坐落在骨头上的城市
早已让俄罗斯把脸转向世界。
以幻想度日的人与房客姑娘私订终身，
陌路变成情人，陀思妥耶夫斯基，
玫瑰、瞬间的心与心的碰撞顿成永恒。
我也将度过四晚，不怕洪水蹂躏，
大海的情绪、思想乐于与现实分离。

2

我心头始终盘踞着一个岛与要塞，
兔子一样钻进蓝色镜子，
抗击大雪无痕，从木头到石头

升起金色的船、桅杆 —— 教堂，
自鸣钟敲响天空与大地的时间，并不合拍。
跨过木桥、两道大门，铅色的鹰再次出现，
这一次是两只，它们无声地翻译季节，
就像信号塔上的旗帜。
树林从金黄到浅绿，如同彼得大帝
到尼古拉二世，陵墓抵得上他们的信仰。
要塞从未遭遇围攻，枪声为皇帝和政治犯
而鸣。发现新大陆的人需要一致的嘴巴
和空洞似监狱的脑袋，
既能拷打儿子、女儿，何况革命党人。
黄金内部的铁床，穿顶小窗口，白夜即夜，
陀思妥耶夫斯基再次开口说话，
比走廊急促，更短。而岛屿是相通的，
它享有古拉格的声誉，它在中心，
心脏连接的血管拨动城市的每一部电话。
现在正值清晨，禁闭室前小广场，
落叶与铜像颜色相同，但气质迥异，
哦！大帝忘记了雷霆，
蜡像式的神情端坐风中，
我记住了飞驰而过的兔子，豁然开朗。

3

幻灯机把瓦里西岛投射在涅瓦河屏幕上，
我在城堡上看见"新阿姆斯特丹"，
蓝色，平静；绿色，舒畅，
红色屋顶跳跃的火焰使天空云朵寡言。
两旁众多的桥拉紧她，不忍其离去。
而巨轮驶入港湾，河流把帆船的连续镜头
扫入芬兰湾 —— 炫目的影像库，
众多镜子使自恋变得不可避免。
战胜大海！我在想，她的体内有多少条排水沟，
排出黑水，引来罗巴克和古典，
淹没街道和运河两岸的花岗岩护墙。
管风琴的圆柱森林、欧几里得几何的凯旋，
仪式沿着无止境的宫殿向水平线扩散。
普希金（多少名人）抚摸过的铁护栅，
每一个弯曲处的雕花都催开心房。
我承认只看到建筑表面，而非人面，
石头不能交配，但半露方柱、柱廊和门廊
却无穷尽地疯狂繁殖，如同阳光。
我试图海神柱一样努力向上生长，
战船船头下四条河流浓缩的水不断
在暗示时间，点燃自己，不及等到庆典时
就独自唱起赞美诗，或哀歌。

4

孔雀开屏、公鸡鸣叫、猫头鹰、松鼠 ——
时间的表盘藏在蘑菇下的缝隙里。
我的身体进入冬宫庞大的子宫，
心跳随金色的树上的动物长出翅膀，
飞向春天的原野、结冰的海上，
然后折返大火后的石棺、木乃伊、浮雕。
纸莎草纸文献上记录这一切吗？
我的影子在正楼梯的白色大理石上站起，
行尸走肉穿过一个接一个金色大厅，
天鹅绒下金銮椅上肥胖的女人与女神对望，
孔雀石柱的头和脚都被黄金镶裹，
影子卒倒在布满夸饰图案的地板上 —— 哇！
白天、黑夜、诗歌，影子背叛了自己，
但仍以圆柱状的耐心审视伊朗银器
与中国殷商甲骨文，回到敦煌千佛洞，
摆弄瓷器、珐琅、漆器，在山水和仕女图中
想起"年"这头怪兽，有点受惊 ——
慌乱地跑到乔治大厅，灯盏高悬，
把影子化为空气，如同白昼的灯光。
海上吹来逆风，散发着海藻气味，
与大方格地面广场构成虚无的共谋，
我能以自己的重力纪念柱般站立？
没有地基，石柱、底座和顶端无任何支撑点，青铜天使手扶十字架，面孔，亚历山大。
此刻的我恰似笼中猫头鹰，尖叫着谎言，
警惕着时间给予的荣誉、绝望，
一切皆可原谅，何况朝霞匆匆替代晚霞，
只留给黑夜半个小时。

5

那么去夏宫吧！"大力神"参孙
奋力拉开狮子的嘴，泉水从口中冲天而出。
高处的激流，大梯形瀑布层层叠叠，
将自然的压力传递给芬兰湾南岸森林，
等待探寻帝国花园秘密的人。
金字塔、太阳、亚当、夏娃，神造之物
皆以喷泉之姿纷纷伴奏天籁，
天空广袤的蓝如同野心从未被撕裂。
为阻止一场庆祝，宁愿自己炸毁，
金色雕像在寒风中一度喑哑。
从上而下，台阶，镀金穹顶宫殿的光直射，
刹那间我成为瞎子，直到进入"蘑菇""花束"，
三条有翅膀的龙再次喷出水雾，
眼球才被对称的下花园纠回正常。
其实战胜谁并不重要，笔直的林荫大道
通往宽阔干净的波罗的海的蓝，

阳光照耀森林，而幽静小路拒绝阳光。

边界就是铁栅栏，将花园、我和涅瓦河隔开。

即使到了蒙普列济尔宫，我也没有

"大鹰"高脚杯，不能加入到季节的狂欢。

如果在深秋、早春的夹雪阵雨、暴风中

来到这里，或者冬天，宫殿披着雪围巾

出现在冻结的河流和海洋上空 ——

一个孤独的星球，在冰冷的巨镜上

照耀自己和徽章楼上的鹰，

三个头互成120度，不管怎么转动，

风向标都是"双头"。

6

城市的光荣来自河流或海洋的激情。

如果激情超过了骑士，青铜逾越了思想，

那么普希金的讴歌还有什么意义？

青铜骑士站在巨型花岗石上，

卡累利阿地海峡的波涛仍在翻滚，

左手驾驭着前腿跃起的骏马（那是俄罗斯），

右手五指张开，强劲地推开北方风雪。

左边是参议院，右边是海军部，

他不惜背叛"祖国"，为海洋立法，

让所有树林让位于道路与教堂，

沼泽变天堂 —— 城市也因其名而名。

但名字如风，一切都可以改变，

除了天气，还有光。

许多年后，列宁的火车来到芬兰站，

他走到广场，一手伸向空中，

对群众发表演说，浪漫主义的风

雕塑般凝固 —— 新时代在装甲车上，

而旧社会在马背上，两者

都在"寥廓的海波之旁，充满了伟大的思想"。

只有十二月党人广场保持平静，

成功与失败扩大的视野超不出声音，

但文学的音调从此由《青铜骑士》定下。

现在，松树围绕的广场上鲜花摊开阳光，

青草中散发出死亡或流亡的气息，

赞美这座城市的最杰出诗人是

曼德尔斯塔姆，马蹄铁的发现者，

"时代试图啃掉它们"，但它们向死而生。

我骑士般站在岬口远眺大海，

人工浮雕中，文学终于赶上现实。

7

十月革命一声炮响，给我带来片面之词。

阿芙乐号巡洋舰永久停在涅瓦河上，

我在岸边与船首合影，它曾发射一门空炮，

赤卫队冲进冬宫，逮捕留守的阳光，

被强奸的女性拾枪杀死两人，另一个溺亡在酒窖。

历史回摆到莫斯科，彼得堡躲过屠刀，

两百年来寂静又一次主宰石头和水，

青草从广场的鹅卵石缝隙间长出，

城市空荡荡，没人打扰，白夜自映自照。

温度越低，爱情越抽象，

饥饿随着白烟在屋顶飘浮，

沿河宫殿 —— 开往永恒的列车，陷在雪中，

动弹不得。公园的树木如同人类肺脏，

鸟巢，一个个小黑洞，被心跳恐吓。

而不远处海军部大尖顶的金针像一束逆光

冲破九百天"围城"，

新名字被轰炸后的幸存者一致采纳。

于是，受伤的面孔被重新油漆粉刷，

保存着最后一瞥、最后一口气。

我们早上从封锁线上的"荣誉绿环"进来，

几乎要站成永不屈服的雕像 ——

一月，落日的金液涂抹"威尼斯"窗户，

白雪覆盖的大街鱼肚似的被破开，

给水龙头对着那些圆柱呵着热气，

赤裸裸的，有着多利斯式发型，

仿佛是被雪夜俘虏而来。

而现在是六月，一年中最美好时节，

我不登舰，也能感知自己与河流的存在，
没有任何疑惑，对于舰、炮。

8

幸好有钟声，祝福飘洒在教堂前广场上，
我和太阳下所有人一样，
在青草上徜徉，对金发美女情有独钟。
然后穿过喷泉，仰望壮丽的罗马圆柱上
支起的金色或绿色洋葱头形圆顶，
天空蓝得不允许有任何杂念。
从青铜骑士旁伊萨基耶夫大教堂开始，
到战胜拿破仑的纪念物——喀山教堂，
以至俄罗斯帝国主教堂——伊萨克，
彩色大理石、孔雀石、天青石与金粉
结合中的浮雕、马赛克镶嵌画
重复着讲述升天的故事，在我看来这一切
包括教堂本身，都是存在的秩序——
把美德与比例联系起来，格外注重形式，
就像一排排长椅面对黑衣人在上面唱诗。
我不会踏入教堂的地下室，
也不留意教堂穹顶的十字架形状，
哪个教派对我都是空气，虚无惊起的燕子。
我安静地走进，环绕一圈，肃穆地离开，

并不在乎元帅、英雄，
甚至什么时候变成了无神论博物馆。
倒愿意去伊萨克教堂旁"安格列台尔"宾馆，
谢尔盖·叶赛宁在那里投缳自尽。
可能找不到那间房子，
但"生活与艺术"造就"一个流氓的自由"，
阳光的舞蹈将童话变为季节的争吵，
森林中纯粹的风景玩牌似地被摆开。
童谣、民歌在草地上被旋舞的少男少女
唱起，没有咒语、哀歌。

9

她从喀山教堂徒步走上涅瓦大街，
蓝色叶卡捷琳娜河通向道路起点：海军部。
桥，拱形或笔直，庞大或小巧，
花岗岩堤岸、铁铸栅栏、精美路灯，
周遭越是完美越不协调。
小人物举目皆是，大人物总躲藏在
桀骜的院子和低矮破旧的寓所。
白夜的镜子照见警察第三局旧址，
受审的陀思妥耶夫斯基想起斧头、当铺老妇。
小职员果里口袋里没有一分国有财产，
却忙着为他人封地，偶尔拿起画笔

重复素描院子外小石头路。

后继者毫无远见，只有芭蕾舞征服世界，

我能在桥头起舞或窥视狮子吗？

石、铁、铜的狮子各自站在自己的影子里。

在格里博多耶夫渠上，四头狮子

嘴里镶着铁圈，铁圈拉起铁索，

桥诞生，一只黄狗从上面向我跑来。

还是回到涅瓦河畔，夏花园巴洛克的规整

梳理思绪的叶子，维纳斯已不在，

"世界上最精美的栅栏"高过头颅，

却抵达不了树叶上的光、梦游者的河水。

河面上漂着白色"瓶子"，昨夜的酒鬼

一口坏牙，嘶音清晰，语言真实，

自嘲从傲慢的嘴巴里发出，

精神首都从"不被承认"中获得快乐。

10

都说在这里忍受孤独比在其他城市容易。

安慰来自石头，大雪覆盖下的白。

北极光里，记忆与眼睛敏锐，

只需要走路，沿着河流的褐色堤岸，

就可以延伸生命、爱情，

抚栏远眺，就可以看见一英里外的

汽车牌号码和自己的青年时代。
普希金、阿赫玛托娃在街上的时间
不比我在六月天逗留的少。
因此，皇村，目的地，并不比思想遥远。
出生就决定了死，写诗只能徒添骄傲。
而叶卡捷琳娜花园，俄罗斯的荣誉 ——
如琥珀，照亮世界的客厅，
如卡梅龙回廊，俯视命运的大池塘，
再热烈的赞颂都不为过。
但钟最终会摆回到莫伊卡河滨河路12号，
一处小私宅，受伤后的书房 ——
金、银、刻花，时间停止；
或者墓地，仿如监狱的墙上的浮雕，
"钟里的布谷鸟"对着大自然肆意歌唱。
阳光的判决书扔下来，石头的话语
跌落于心胸，对此我早有准备。
夏天热烈的沙沙声，节日来到窗前，
我早有预感，计划一夜不睡，
也很难入眠，光太猛，
任何梦都比不上这种现实。
那就在酒店外的草坪上读他和她的诗，
人与传统不会投下阴影，像水。

11

开桥了，奔马扬蹄，船舶驶向芬兰湾。
诸岛屿松开手，把人们赶入欢乐的岸。
白夜抵达，最神奇的时刻——
天空透明粉红，浅蓝色水彩刷亮河流，
建筑没有阴影，屋顶环绕着金光——
脆弱的瓷器！在吉他和欢歌后，
寂静！听得见巢中鸟下蛋的声音。
这无疑是诗歌和散文的时刻，
"第二个彼得堡"，来自波罗的海的风
拍打着书籍中的浪花，翻过战争，
西方的洪水要等到秋天才会到来。
在早上五点关桥前，再温习一遍
广场、教堂、花园，忽略所有宫殿，
无需拟定鹰明日的行程，
因为这一次不会搭上邮轮去瑞典，
就在彼得堡，在光里发光，成为光。

2011.6 俄罗斯 圣彼得堡
2016.11 深圳定稿

莫斯科森林

愿望

"来吧，兄弟，来找我，来莫斯科。"
1447年，一个公爵设宴款待另一个公爵，
浓密针叶林中，雪尚未融化，
莫斯科河尚未解冻，
左岸波罗维茨克山上，还没有金顶教堂，
也没有坚固城墙，美丽的石头城
在酒的热烈中，一席热语进入编年史。
各种危险信息从钟塔楼传来，
桦林哗哗作响，春天姗姗来迟。
我不知道从哪个大门悄然进入，郊外的夜晚
冷风因歌声而美好，一次预谋已久的远巡
因一座酒店名为"宇宙"而苍茫。
红宝石五角星取代铜制双头鹰不久，
一次解体震荡东西方。
钟已更换四回，似朝代变幻，
从满面青春痘的少年疾步迈入灰头中年，
斯巴斯大门依旧占据官方通道。
我绝不会盖着车蓬或戴着头巾穿过拱门，
只设想在河边作一次稍长散步，
切入历史建筑综合体，星光依稀时灯火灿烂。
也绝不会"对着整个伊万诺夫广场喊叫"，
但愿在教堂一角默诵一些细微的事物，

或在松鼠跃动的丛林、小广场

低吟普希金、阿赫玛托娃的小抒情诗，

那些战争与和平、死魂灵，

太沉重！姑且放在一边。夜色浸湿衣衫，

绝望的飞翔终于落在春天十分短暂的夜晚，

时间慢下来了，那就再慢些，

我不能失信于卡拉姆金：

"谁到过莫斯科，他就了解俄罗斯。"

一个诗人初来，必须学会谦虚，

必须学会用耳朵倾听草垛的回声。

夜已深，天还未黑，

生命的宇宙飞船被巨大的热力

抛在月球上，带着全部的"空如"

建造自己的木屋、牧场，

然后打铁、织布、酿酒，谈情说爱。

2011.6.26 莫斯科宇宙大酒店 2012.10.2

在克里姆林宫

都是神圣的，教堂一个接一个，
金色拱顶，十字架刺破湛蓝天空。
乌斯宾斯基，在此，沙皇和国王加冕，
东正教教主头衔以及伟大的公爵获封，
当然也祷告，在行军打仗前或凯旋归来后，
宣读国家文件，停放灵柩。
而阿尔汉格尔斯克，一个巨大的壳下，
第一个公爵、第一个沙皇在此安息，
权力和荣誉当然由黄金包裹。
只有布拉格维申斯克，贵族们的家庭教堂，
烟火气息翩然，但光泽的碧石地板上
也曾存放黄金。那些"伟大的情节"，
拜占庭国王、耶稣的圣画像，
与我无关，与天气也无关。
在克里姆林宫，我是一个幽灵，
在石头和干尸之间摆渡。

告别木框中的金属片，从狭小门洞闪出，
身体遍被光辉，一场场大火
将白石雕刻熏黑。
终于看见喑哑的皇钟、皇炮，
嫩绿新叶落下，覆盖一半的脸孔、声音。

我还能记住自己的声音吗？
一群鸽子从金黄的阁楼宫殿上空掠过，
童话般的雕刻呈现意大利和东方光芒。
春天开始的早晨，霞光消遁，
高耸围墙深处
一个尖锐的建筑迎面刺来，毫不起眼，
不动声色，以棱角的金刚石粗面
衔接孤寂目光和雪亮的天空、十字架。
西面连着圣厅，圣厅南面延伸着红梯，
这个最古老的议院，与现实格格不入，
坚持在通往"伟大的伊万钟楼"道路上。

一个单体建筑，四个十字拱门叠盖，
495平方米宝座厅独领两个世纪，
国家仪式、教堂大会、胜利纪念，
一次次雄辩不能解决什么，就像毁于大火，
修复后又失于大火，命运轮回。
格兰诺维塔，坚持最初立场，
与宗教、皇权近距离对话，
正襟危坐的壁画让舌头找到味觉，
鼻子闻到芬芳。
崇高内核，平凡力量独自支撑，
棱角的外衣深藏圆的天穹。
当我来到广场，一袭草地上白色野花盛开，
仿佛无处不在的孤魂野鬼，

克里姆林宫成为背影，那些数不清的房间
模糊成黄金，利益、人格、荣誉丧失，
只有春天与棱角的事物逼近心脏，
逼近一次次追问。

2011.6.27 莫斯科 2012.10.3

023

大陆

一条河流，三种语言娓娓道来，
湿地、牛渡口、密林，都是莫斯科，
与斯拉夫、芬兰—乌戈尔、卡巴尔达的嘴唇
一一对应。不同于我的喉咙、
丘陵、山地平台与温婉的河流，
但600年前，与我一样抵抗过游牧铁蹄。
几度被否定，否定再否定之后，
一条160公里"大环"仍圈不住双头鹰天空，
凯旋门开始与东西方的海洋对话。
脸色如天气异常翻覆，温和大陆
冰雪消融漫长，持续零下的严寒惟高烈性的酒
与爱情可以厮守。现在，最美好的季节，
河湖清澈，覆盖草皮的灰化土地带
公园一个套一个，情侣一对接一对，
沼泽边的松林里，麋、鹿、狐狸、猞猁出没，
与革命前的花布，眼花缭乱的地铁
进入我 —— 另一个大陆深处失地者的夜梦。
继续停留或出发，永远是个难题，
"五海之港"，除了红色，还有黑，
除了教堂、修道院，还有庄园、博物馆，
阳台上金发少女的媚笑风动季节，
那些富豪如云擦肩而过，

我以苗或诗的语言不断哈气，大雪来临时
开辟一条道路，驶入运河上游。
我刚从罗马来，对"第三个罗马"毫不在乎，
我到过希腊，对"城堡"也兴趣索然，
一见钟情的是通天的火、烧红青春的铁，
"套娃"般的爱情，不知有多少个谜底
待解开。虔诚地品尝面包、盐，
茶饮和"三道菜"之后，
长统靴、单丝袜、超短裙在冰天雪地旋舞，
生活的马戏和杂技不在红场，
就在郊外的树林。
没有眼泪，歌声飞过塔尖，大陆沦陷。

2011.6.17 莫斯科 2012.10.4

红场

没有一个词可囊括眼前一切，只有红场。
白色阳光里，
刺眼的红抓住瓦里西大教堂穹顶，
鹰一样向上飞翔，与蓝色天空
构成白蓝红国旗，飘过三个气温带。
选择最舒适的季节前来，没有大雪，
没有镰刀，还能逼近哪一支歌声：
列宁的"通天火炬"，或许"回不去的行囊"？
没有夜晚，甚至没有风，时间延长白昼，
黑暗轻易就被打破，因为月亮爱上眉梢，
革命在一串著名的姓与词之间奔行，
拉长成小提琴的民谣：
"托尔格"、"火灾广场"、美丽的修饰
比天安门声名更大，格局却不如。
似曾相似，"崇高"的墓碑，一字排开，
扼守红色墙角、泛绿的杂草。
狂暴风雨来临时，鹰疾逝在雨虹中，
甚至与雷电融为一体，远距离地审视，
不愿靠近沉睡或沉默的石头、水晶、文字。
红色嵌入骨头，相信春天始终会来，
冰封的莫斯科河一定能锁成爱情的桥。
九个金色洋葱没能弄瞎双眼，

断头台上的沙皇令和说教被围挡遮蔽，
古姆商场以铁、玻璃和混泥土与古代对话。
一块面包抵得上巴黎十杯咖啡，
游荡的人非富即贵，以鸽子的悠闲
把广场丈量：哪一块石头曾被踩在脚下，
又有多少块石头被暗自替换，
然后掠过克里姆林宫的殿堂，
进入升天的金色黄昏。
对于鹰来说，也许真应该在雪天再来，
背着十字架，至少可以看见自己的脚印。

2011.6.27 莫斯科 2013.5.1

无名墓

"你的名字无人知晓，你的功勋永垂不朽"

一个有名的花园深藏无名的秘密。
克里姆林宫西北地下河滩上，
华丽生铁栅栏、黑色大门隔离大街与钱币广场，
以罗马风格骄傲地承接亚历山大的边界。
1812年，暴雨，突如其来，
阻止一座宫殿和教堂毁灭，宣告
另一个大帝溃败，一次卫国胜利。
现在，阳光和月亮同时围蔽一只狗的疆域，
浓荫中天空格外宽广、湛蓝。
红色大理石，五星状长明不熄的火炬
默默讲述百年后另一个无名故事。
克留科沃村，莫斯科郊外40公里，距此不远，
而无名士兵的骨灰行走却耗费25年。
战旗上的头盔和桂枝吸尽所有声音，
总统卫队值守的风雪，吹起又落下，
一切荣誉都悄然撤退。
墓志铭早已熟悉，而那一排石碑
及石碑下存放的泥土，却难以追忆，
列宁格勒、基辅、明斯克、斯大林格勒、
刻赤、塞瓦斯托波尔、敖德莎、

图拉及斯摩棱斯克······

一一念过，清晰的字迹模糊，

被青翠松枝翻译成朝鲜、越南、朝鲜······

无名的雨雪落在另一个国度，化作污水，

没有一座盛大花园安载无名的忧伤。

从红场步行至此五分钟，

从此回到家乡需要多少年？

一次漫游留下诸多照片，1941 — 1945，

那么，1894 — 1953，又该有多少。

如果能折一根松针回去，

又该放在哪一页历史的夹缝。又能刺痛谁。

2011.6.27 莫斯科 2013.5.1

在新圣女公墓

终要走进墓地，直着或躺着，在春天
或雪夜，一个隐秘地方
收藏思想和艺术的头颅，
当然包括拼命挤进来的政客，
流亡国外或浪迹他乡的"异议"。
我来，内心拒绝，身不由己，
一座公墓，经精心设计线路辗转至此，
庆幸季节晴好，没有阴森的风，
可以散步，可以以各式雕塑姿态站立。
被囚的公主和许多人与我无关，
熟悉的有果戈理戏剧般不翼而飞的头颅，
烛光下契诃夫，风雪中奔行的普希金，
沙皇铁幕下，自由与理想的星斗璀璨夺目，
照耀漫长白夜和姗姗来迟黎明。
如果我死，也要把最后一刻定格于石板，
奥斯特洛夫斯基般一只手放在书稿上，
身体微微抬起，眼睛凝视远方，
没有军帽和马刀，那就嵌入诗篇和湘西。
至于黑白分明或黑白不分的人，视而不见，
共产国际宠儿、弃儿亦如是。
但对于那只被切的乳房，美丽的卓娅，
不能心猿意马，被强奸的人生

会有无数火炮张开大口回击，摧毁耻辱。
惊叹，不再赞美，对新贵们嗤之以鼻，
诗人与英雄的憩园不容野兽闯入。
就这样，一条小路接一条小路，
一块碑靠近一块碑，相互取暖、致意。
我空手而来，空手而归，
一面红墙拉长记忆，抬眼望不到头，
半根刺扎在眼里，情人背叛了祖国。
于是，在阳光中起舞的人躲进时光一角，
大声哭泣，独一无二。

2011.6.27 莫斯科 新圣女公墓 2013.5.5

修道院

现在，莫斯科河拐弯处的天鹅湖
折磨着春风，满地鲜花
从芳草中冒出来，
对一个刚刚跨进新圣女修道院的人讲述堡垒
以及抵抗侵略、发配、拘禁的往事。
克里姆林宫外城，白色城墙围住的圣洁
在蓝天绿水之间空无一字，
对于总在边缘的柳，红白相间的钟楼，
时间没有任何意义。
被迫关闭，后又重新开放，
作为国家历史博物馆的一部分，
斯摩棱斯克教堂，五个洋葱头，一金四银，
象征着统一且层次分明的秩序，
如同构思芭蕾舞剧《天鹅湖》，
我能一边散步一边构思夏季的仪式？
即使走向墓地，那些死亡的魂灵也会跳出来
抓住细雨中的伞，摇晃着手 ——
表决春天一切微不足道的事物。
十二个塔楼就是十二个月，
我从未想过爬上金色圆顶，
但十字架始终挂在修道的路上 ——
南边，东斯基、斯巴索—安德罗尼克，

大海猛烈的风暴袭来，
被分割的壁画迅速粘合，在生命最后一刻。

2011.6.27 莫斯科 2016.11.1

普希金与特维利街

从红场放射出去，街道宽阔，马达轰鸣，
车辆呼啸而过，旋风袭来
"小资产阶级不合实际的幻想"。
我不是田园城市发起者，一个守望的人
找不到一条通向真正改革的和平道路——
东南，奥尔登道送来面包，
西北，特维利街送来四季鲜花，
道路尽头，修道院收拾心中落叶。
在"无贫民窟无烟尘城市群"幻影中，
谁都明白，"炮弹不懂得右转弯"，
骑兵、坦克的直线碾压剧院、喷泉，
即使变身文豪"高尔基"，也不能恢复荣光。
都说莫斯科从特维利街开始，
但从心脏（红场）到灵魂（普希金广场），
从"单中心"到无数个"环线"，
如同蚂蚁从套娃中逃离，分外壮丽。
没有斑马线，地下通道串联的迷宫
连利兹·卡尔顿酒店侍者也不能破解，
何况尼基特大门旁喷泉见证的爱情，
铭刻的诗句、焚烧过的石头。
阳光下满城普希金，我是其中一个，
但夜色里她究竟是妻子还是情人？

那么多剧院同时上演同一幕悲剧，

栅栏优雅，狮子威猛，灯光调和一切。

苦行者到了广场就不愿意去博物馆——

地主的庄园通宵辩论自由与宽容。

还是牵着她的手，去耶罗霍夫主显教堂洗礼，

然后到阿尔巴特街53号，嗯！

从这里再出发，沿途慢慢摆弄

护耳皮帽、大草鞋、耳环、坠子、护身符，

敲敲玩偶套人（从沙皇到总统）的头，

去到莫斯科河边，迎风站立——

左手挽于背后，右手插在胸前，

八百年的风翻开森林、河流和诗稿。

2011.6.28 莫斯科 2016.11.1

读画记

六月，正是春天，料峭寒冷
挡不住尼古拉·希尔德的《诱惑》，
一条街排开乌鸦和襁褓中哭泣的婴儿。
特列季亚科夫回到他曾经被取代得位置，
就像俄罗斯回到俄罗斯，斯大林
回到内院一角。而"浪漫现实主义苏联"
从《前方的来信》开始，
《塞瓦斯托波尔保卫战》《列宁在斯诺尔尼宫》，
熟悉的陌生笼罩光能所指的地方。
每一个屋子都有自己的肚脐，
希什金、列维坦、艾伊瓦佐夫斯基的风景
与克拉姆斯柯依《无名女郎》
列宾《伏尔加河上的纤夫》
苏里科夫《女贵族莫罗佐娃》
别洛夫《三套车》形成批判的和解。
我更愿意回到伊万诺夫、布留洛夫时代，
"耶稣出现在人间"，"恶魔"也是，
卢勃寥夫"三位一体"的光斑驳、明亮。
从胡同到钟楼教堂，宝库丰富宽广如大地，
给人宁静——《乡村爱情》，
不承认的历史——《塔拉卡诺娃公主在狱中》，
被禁止的细节——《伊凡雷帝杀子》。

我重新回到街头，竖起衣领，
风灌进被拆的林荫道，
看见莫斯科马戏团，
这幅画可命名为《春风》。

2011.6.28 莫斯科 2016.11.3

秩序，或新建筑

历史得和建筑活下去，以维持生活秩序。
对于一只麻雀来说，
阳光下的"新建筑"不是什么新鲜事，
哪怕飞入地下的地铁，
结束曾经摸索的一切，重新找到道路出口。
"七姐妹"依然在各自位置风姿绰约，
肩膀布局对称，顶起高仰的头，
金属玻璃塔尖比太阳光辉。
富丽堂皇的外表深藏帝国基因，
连呼吸的空气都赞美激情与荣耀。
但所有"生日蛋糕"最怕时间的伤害——
救世主教堂，被推倒，又重建，
"苏维埃宫"，在纸上崇高二十五年，
继承者砍掉"多余"细节、外饰，
哥特式教堂和巴洛克式城堡，浮华一梦。
一只麻雀来到列宁山，不！麻雀山，
古拉格囚徒建造的大学，磅礴又巍峨，
莫斯科河被无数机关弄得水平如镜。
中东欧和东方的麻雀都曾热切飞到这里，
在屋子里研读一本永远无法毕业的书，
"一个少女走进去，出来时带着她的孩子"。
现在，新鲜的"第八姐妹"来了，

"凯旋宫"凯旋，升起欧洲的月亮。
其实，麻雀与工程师、劳动模范、党员住在一起
或者与教师、中产阶级，形形色色的人
住在一起，整齐与混乱，没有什么差别——
都是死亡、结婚、离婚、搬家。
何况地铁仍日夜穿梭于新建筑的阴户，
共青团站、起义广场站、库尔斯克站。
公寓里孤独的个体，永不相往来，
绝望酗酒者怀念同饮者，
至少周围一切与自己有关。

2011.6.28 莫斯科 2016.11.3

池塘与托尔斯泰

最初的"黑色沼泽地",变成女皇村,
庄园哥特式房舍、人行与碉堡结合的桥梁,
让野鸭与鸽子各有一方天地。
当"战争与和平"的游戏结束,
荒芜的残砖破瓦回到池塘与草地的真实。
"花纹桥"桥头高塔只见树木,不见森林。
而"静穆而华丽的池塘"、"明媚的林间空地"
在西南两百公里之外——图拉,
亚斯纳亚—波良纳庄园,经过马房,
沿羊肠小路信步走,穿过灌木丛,
便会见到"世间最美丽的坟墓"——
长方形土堆,杂草中开满鲜花,
没有墓碑,没有十字架,没有墓志铭,
连名字——"托尔斯泰"也没有。
只有几株大树荫庇一生被声名所累,
三次离家出走,结果再也没有活着回来的人。
牌子"肃静"提醒世界安静,
每个人都应耕地、缝鞋、盖房子、砌炉子。
朴素的草光洁,胜过一切大理石,
风儿低吟,美妙过恢弘乐章。
其实,天下池塘都是一面镜子,
洞见革命、人生、死亡与复活。

我回到莫斯科，托尔斯泰街的故居，

两层黄色小楼比宫殿明亮，

在一层餐厅遇见契诃夫、列宾，

在二层聆听里斯克里亚宾、拉赫玛尼诺夫，

音乐安慰着窗外空地上的草与花，

虽然没有池塘，但野鸭从草丛中冒出，

张望蓝天上鸽子带来阳光的旋律。

此刻，我不想讨论任何问题。

2011.6.28 莫斯科 2016.11.4

导师

即将离开莫斯科，我向他提出一个问题：
"我们需要导师吗？"
我们回到红场，突兀的中心，列宁墓，
在斯巴斯克钟塔与克里姆林宫墙轴线相交处，
红色花岗石、黑色长石、钢筋混凝土，
石基座，台阶向上逐级收小，通往检阅台。
而时间的一半埋在地下，苏联国旗、国徽，
光从水晶棺里扩散出来，照耀
世界，仰面躺卧、神情如睡。
当光穿透水晶棺，在边沿锐角处
折射出一条条闪亮的细线，
击中脆弱的心脏、春天。
不愿停留太久，向西，绕过观礼台，
按遗规，一一走过红墙外"骨灰"，
"功勋赫赫"的人物一字排开，
包括从列宁墓中移出的斯大林，
形制完全一致，方柱式半身胸像神情各异，
棺盖上斜放着两枝红色康乃馨。
从东走出红场，太阳在克里姆林宫背面落下，
春风吹动松林哗哗作响，松鼠窜动。
"看见导师了？""看见了。"
"看见斯大林了？""看见了。"

"还有谁？"我一时答不上来。
我们现在的位置是在红色的城墙外，
莫斯科河面冰早已解冻。
我走过布满霓虹的大石桥，
想拍一张克里姆林宫辉煌的夜景，
五座尖塔上，五角红星，闪耀，
之前，是铜制双头鹰。之前……

2011.6.28 莫斯科 2016.11.4

自由的赞歌

情人

灯城、花都，巴黎。"我来了，你能成为
我的情人吗"。野心与梦想无与伦比，
穿越戴安娜逃亡的隧道，驶向黑色铁塔、金色凯旋门。
源自荷马史诗的名字，PARIS，由一个小岛孵化，
一派清波无论如何也洗不净罗马人铁骑，
这些早被人遗忘，只有大革命、七月革命的枪声
巴黎公社的火把，记忆倾城。
全世界城市主义者蜂拥而至，丈量地图与宾馆，
流连香榭丽舍大街，痴迷时装、精品
与香水传奇，以及情人的夜。
我的耽搁是第18街区，红磨坊艳光迷离，
蒙马特广场觥筹交错，呼吸一城胭脂，
圣心教堂里，我变成忏悔者，夜不能寐，
在白衣牧师领唱下跪成一块石。
我丢失了身份证、护照、民族、语言，乃至精液、热情，
不得不寻找一座寺庙庇护肉体，
以重写两份简历，一份交祖国，一份交异乡；
或一份交天堂，一份交地狱。一个心怀情人欲望
满世界奔跑的人一定生活在谬误中，
二十个街区，没有多余时间浏览，
什么左岸，也一定无所适从，
随着脚裸虚肿，生活不断填充各种灰尘，

像汗迹浸泡的鞋，或一堂民族史课，

或旅游地图上一串串陌生的电话号码。

那些生活在3区、13区、19区或美丽城附近的，

转头东望时，可能已看不清来时的路。

在歌剧与芭蕾舞掩护下，

我这样想，在巴黎，寻找情人可以这样进行：

做一棵车站前的梧桐，列入"树木报告"名单，

这样就不会再受侵犯，就可等候末班车，

越来越多的人聚集，彼此亲近，

不分彼此，不分主流非主流，不管古吕或珍妮·阿弗里尔，

一到春天开花一片，一到秋季落叶一地，

神奇密语，令奇迹出现。

2010.10.5 巴黎 DREAM CASTUE OTEL

2011.4.16 深圳

关系研究

研究关系：城市与河流，村庄与河流。

河流 —— 塞纳河与麻阳河，皆从泉水开始，

以乳汁或精血的方式，潮湿，

潮涌我的历史，我的时代。谁能够

缝补右岸英雄扼腕与左岸小资情调，

谁能够再像西岱岛繁衍一个民族

并把不同种族的脊柱黏合在一起。

桥 —— 这从东到西的石头、钢铁、混凝土，

将时光联结，如同金碧辉煌亚历山大三世桥，

接驳香榭丽舍大街和荣军院广场，以庆祝伟大结盟，

消解百年前烈火焚烧的世仇。

桥通向拿破仑墓，身长翅膀的小爱神

托起镀金雕像和一碧如洗的蓝，眼睛深邃，

看不穿城市角角落落，河流曲曲折折；

或如王桥、新桥、艺术桥，36座桥

怀着庆典、商贸、分流等不同愿望一一建立，

学术演讲、市场角逐、政治会议从早到晚

没有停息。世界奥妙就是一把刻有双方名字的

挂锁，情侣们将其挂在桥上以期永恒，

而现在已被取缔、清理、禁止。

"我们的爱情应当追忆么？"

我和你及世界的关系，恰似船，一直在寻找

毫无意义的渡口，或如铁塔下的黑人，
兜售毫无价值的廉价黑铁，永远攀不上
城市之颠。火热青春从太阳的伞下
晃过，钟声怀着黑夜的歉疚敲响，
把一个城市、一生重负暴露给天空。
此时我正穿越桥洞，头颅上的车辆
来来往往，我看不见他们，
他们看不见我，
仿佛没什么关系，对！没关系。

2010.10.6 巴黎 DREAM CASTUE OTEL

2011.4.16 深圳

凯旋

一阵雨水，浸湿戴高乐星形广场。

凯旋门。罗马，巴黎，莫斯科，柏林，米兰，

提图斯，茵斯布鲁克，塞维鲁，君士坦丁，

万象，平壤……长长的名单读不到一半。

曾经的伟大人物巡视过的道路上，

只有我面向田园大街浮雕般战栗，

想象马赛曲、胜利、抵抗、和平的图景，

聆听田野论坛上树叶之间的争辩、交锋。

我从罗马来，不，从亚细亚来，

一个失败民族的遗腹子面对凯旋惊慌失措，

只能用一把东方的伞抵抗天空。

而帝国的天空被胜利驱动，

黑云密布，没有烛光，

把失败的影子投射在开始衰黄的水泥丛林。

十二条道路射状散开，覆盖四面八方，

我却无路可走，只能在名店招牌下行色孤单。

此刻，一团火焰点燃，彻夜长明，经久不灭，

如同雨果的诗篇照亮镀金的奔马、马车、女神，

以及历史，死而复生的荣耀。

同一类建筑在大陆上，近亲无限繁殖，

欲望的种子落进征服者的睾丸，

不管胜利和失败，就看如何抽身；

同一场战争，没有输家，都是主义的赢者。

现在，拱门横跨在远方嘎然而至的道路上，兀自独立，

享受三五日荣光，坚忍360度孤独，

那些居高临下的统治者和目空一切的将军的

名字，被反复提及或永被遗忘，

成为镶嵌在无名墓上的金边、花环。

秋风起时，身披盔甲手执利剑的勇士

将离开这些拥有威严大名或浪藉声名的城市，

抛弃桂花环和橄榄枝，去南方，普罗斯旺，

采撷紫色薰衣草，沉醉于海风和葡萄酒新酿，

因此打搅神灵已毫无意义。对于一个习惯反征服的

中庸者，没有凯旋门，只有锦衣夜行的星辰。

雨声终于磅礴，淹没凯旋的道路，

万古不朽的并非庙宇和祭坛，而是

风刮过山脉、河流、城市、村庄的速度与方向。

2010.10.6 巴黎 DREAM CASTUE OTEL

2011.4.24 深圳

协和广场

路易十五、革命、协和。一个广场三个名字。
大名，小名，别名。换个名字就断头。
"以人道主义精神，迅速无痛地处决"，
路易十六、丹东、罗伯斯庇尔，死于同一刽子手，
报应如天气反复，无法预知，左右，
革命者走上断头台，就像落叶，无法改写。
八角形广场，远景透视杜乐丽花园千叶起舞，
俯视塞纳河波光荡漾，岁月静好，
百姓昭明，协和万邦，离宫的日子雍容悠长。
乌利乐华的骏马飞奔至此，
眺望八方：鲁昂、布雷斯特、里尔、斯特拉斯堡、
波尔多、南特、马塞、里昂，
但不知从那条道路出发。只有喷泉 ——
河神与海神，一个劲地涌动，
白色水珠溅湿以船首图案装饰的纪念碑。
从地中海彼岸千波万折运抵的方尖碑，
横亘在保皇和共和之间，法文与古埃及象形文字
之间，中立化成协和，
并无意成为晷针，让广场化作晷面。
日转地移，一分一秒投下时间，
时间一点一滴凝成历史，消耗心怀仇恨的容颜；
其实，我也无意经过这里，旅程图上没有

这个连年都戛然止步的地方，血腥味道，
哥特式灵魂，因"协和阴阳调训五品"暂时缓解。
正午时分，阳光抖落漫步的小资逸情，
与基督教的怯懦，误入玛德兰教堂——
拿破仑意欲新婚典礼的地方，因一纸解约陷入
遗憾森林。我的遗憾
因目光触及的议会大厦再次生起，协和时代
无从谈起，就如我同广场的对话。

2010.10.6 巴黎 DREAM CASTUE OTEL

2011.4.24 深圳

残缺

"沉重和轻柔 —— 一对姐妹：同一幅面孔"。
卢浮宫，"U"形建筑群 U 盘般吸存蜜蜂与蝴蝶，
艺术的玫瑰开在河流北岸。
而记忆最初是国库里珍宝、档案里风流史，
保卫城市之余，顺便存放狗与战俘。
一个皇帝，一个时代。一样的嗜好，不一样审美。
寻欢作乐，在华丽裙楼和别致房间，
呻吟或裸奔，在走廊里骑马追扑狐狸，
狗与鸟粪堆积"竞技场"，光影变幻间成为第一个断头台。
强盗逻辑与艺术标准模糊不清，
如《蒙娜丽莎》，以烟雾状"空气透视"笔法
精确含蓄勾勒幽雅、微妙、梦幻和妩媚。
一百多根立柱，骄傲地把光明与黑暗引进走廊，
汉谟拉比法典被置之高阁，威尼斯圣马可教堂的
马群被驱赶，西亚、北非、古希腊、古罗马、古埃及
大理石、铜与象牙雕刻的光阴被掠夺，
世界在残缺中一次次完美丰饶。断臂维纳斯 ——
米洛司的阿芙罗狄特，此刻衣衫滑落，
立于一角，蓬勃一秋的爱情、婚姻、生育，
以及一切动植物的生长。
窒息的岁月，我无力成为战神，
即使举起一块石头比说出爱容易，我也无法预约

萨莫特拉斯胜利女神。在其面前，魂飞魄散，

没有头和手臂，雄健的羽翼仍展翅。薄薄蝉裳下

海风徐来，波澜从心底惊起一把勇气。

宁愿剁去手足，甚至头颅，不愿貌似丰满而圣洁，

柔媚而单纯，优雅而高贵，

在神与人的宇宙，我宁愿残缺。

残缺是被雕刻的阳光，击穿完美的

宫殿、历史和谎言。我从玻璃金字塔里

走出来，抛离办公室、储藏室、售票处、邮局

小卖部、更衣室、休息室，看见一群蝴蝶

陷入城市，完美而巨大，空气浑浊。

残缺与完美 —— 一对姐妹，同一副面孔。

2010.10.6 巴黎卢浮宫

2011.4.15 深圳

镜中

镜中我，并非"太阳王"。17面镜子
对视17扇拱形落地大窗。梨花和樱桃
瞄准阳光，严格对称的皇家园林赫然撞击
几何图形化城堡、星辰和鸽子。
凡尔赛，1300个房间，未能一一打开，如同情妇眼眸
迷失于巴洛克或洛可可天穹下。
483块镜片，我藏身于其中哪一块？镜面中的花树
崩溃力量溢于枝桠、躯干和湿润土壤。
32座烛台，3000支烛光，在水晶吊灯抚慰下，
不同的我搂着不同妙龄舞女，脸戴面具，
水银眼睛暧昧扫射"1672年不畏敌军横渡莱茵河"，
拉辛、古拉斯·布瓦洛的叙说，从拉丁文到法语，
让一个白丁幻灭于嫩绿、粉红、玫瑰红。
我不是任何人的同代人，不会屈辱地低下头，
签订和约，或傲慢地举起鹅毛笔，宣布帝国诞生。
失败的路途不断收拾贝壳、旋涡、山石，
凭借花朵力量席卷风靡一时的花边。
宁可风餐露宿，也不屑于一年洗一次澡，
或在金碧辉煌的壁炉里便溺。
现在，雕花细木地板上典礼晚会狩猎依序上演，
绣花天篷下金红织棉大床上美梦成魇，
风穿过厅堂，憔悴黄铜镀金包裹的容颜。

碎片，碎片，一块块在四周剥落，
误伤进入镜中的我。我看见华美的游行，
历史站在警察、观众和游行队伍之外；
我看见喷泉之外的喷泉，仍在涌动，
十字运河，梦回威尼斯、贡多拉和船夫，
帆船升起时，海战开始，冷兵器击碎雕像。
如果镜中有茅屋、磨坊、羊圈该多好，
在专制中，我将成为镜子，在镜中赤裸，
聆听马蹄声，从后花园传来，摇落响午梦，
以及夏宫、美泉宫、无忧宫、海伦希姆湖宫的梦。
如果没有镜，我们能否走出大沙龙、小沙龙、画室、化妆间，
看见森林、花径、神庙、村庄。

2010.10.7 巴黎凡尔赛宫

2011.5.2 香港

寂静火车

我只有我的寂静，除此无他。
它占有我，浸润细胞、发尖和毛细血管，
并无私地忠诚于 TGV 列车呼吸空间。邻座金发女郎
光滑的修长裸腿暴露夜晚艳遇的可能。
一本书打开在眉睫间，绰约的世界，
长长的空气，没有一丁点声响。
我想移步靠近蓝色波涛，就像从北方走向南方，
从巴黎，经里昂、尼姆，抵达尼斯蔚蓝海岸，
让爱情与火车、地理融合，
邂逅阳光、古城、石板路、泉水、薰衣草、梧桐，
这一浪漫图景瞬间被喧闹汉语击破。
片刻骚动后，激光笔文明地制止庸俗，
怯懦心脏在芬芳香浓咖啡中
被一字排开的山脉和普罗旺斯古堡点燃。
试图安静下来，流水般写首朴素庄重的田园诗，
或像尚塞印象一回喷泉、苹果和红酒，静物，
这辉煌的渴望让铁轨颤抖，
并让怀着温柔的恐惧向时间屈服。
我已准备好了旅程，追随她下车，到一个崭新地方流浪，
荡过比寂静更广袤的乡村、原野、教堂、酒庄。
但窗外陌生的地名开始变得亲切：
马赛，"光荣的那一天已经到来"，

戛纳，棕榈树下繁花盛开一夜星光，
纯银的沙滩在黑暗中挂起耀眼木瓜，饱满多汁，
我已忘记她的离去。面容模糊。
一切开始明亮，生活重新开始，
像明天，像将来，像小城，精巧、典雅、迷人，
白色楼房绿草如茵，蓝色长裙边小鸟缠绵。
心猿意马中，听见蝉声金色线条般拉开，
单纯的爱慕得以快速平稳地驶入终点站。
铁轨的枝蔓上，国家、民族、宗教、城市，
以及阔别多年的重逢，
除了时间，没有距离。除了语言，没有分别。
除了寂静，还是寂静。

2010.10.6 巴黎—尼斯 TGV 高速火车上
2011.5.4 香港

蔚蓝海岸

蔚蓝，一切奔波或流浪的最后命运。
风景或爱情，经过阳光漂白成淡蓝、深蓝，
饱满的弧线如同飞鸟的轨迹，弓形的心
在拉紧之后终于崩溃，丧失动力的箭
最终碎落在繁华似锦草地。
而另一把弓——长长的即将合围的白色沙滩
收紧翅膀，打捞曾经的遗忘或信物，
有人当垃圾嗤之以鼻，有人当珍宝串成桂冠。
一个海岸以黄金命名，感召四面八方，
王室、贫民、暴富者、失意者、艺术家、诗人、酒鬼、赌徒，
意大利人、西班牙人、葡萄牙人、
北欧人、西非人、东南亚人，
不同内心者以同一副装束呈现：
普罗斯旺、阿尔卑斯、蔚蓝海岸，
白房子、绿棕榈、黑色柏油路、白色游艇桅杆，
博物馆、花园、餐厅、夜总会、美术馆、港口、码头，
呼应这个时代以虔诚旅行为自己创造未来
的过客。各色新旧窗户一律探向大海，
有的紧闭，有的半闭，有的洞开，花蕾装饰的梦
与时光一道消逝，日落月升，月落日升，
日月同辉的图景，注解一朝一夕挣扎，
描绘重复热闹的赛花节、帽子节、五月节，

第一缕或最后一缕光将天空彻底引爆。

只有风是自由的，来自亚细亚、北非、亚平宁半岛，

白、黑、黄构成蔚蓝的底色，

当一切破碎，只有蔚蓝仍完好无损。

就像尼斯语（拉丁语系奥克语群一支），夹在法语、意大利语

和科西嘉岛文化之间，不再晦涩，因而保留。

就像色拉，西红柿、青辣椒、煮鸡蛋、金枪鱼加上橄榄油、

切碎的罗勒香菜，鲜脆爽口一个下午的徜徉。

现在，昏黄街灯，映照薄暮抵达、黎明出发，

影子滑向地中海纷繁复杂的岸线，

巨大的游轮泊在蔚蓝深处，把所有愿望带走，

把空壳的世界、山山水水花花草草留下，

最后一晚的焦灼被蔚蓝烫平，

包括许多永远不得而知的地名、街道，前生和来世。

2010.10.6 尼斯 QUALITY SUITES EXCELLOR

2011.5.8 香港

巴塞尔站台

一个城市，三个火车站，分属法德瑞三国，
我不是其中任何一根铁轨。
一个机场，跨越两个国界，起跑线上
滑落毕加索梵高尚塞莫奈的烟尘。
盛大展览正张开大口吸纳欧洲的传统，
我不是其中任何一件样品，供人围观。
浪迹的愿望是一座教堂，一条河流，一具尸体，
那是城市中心、信仰重心、爱情甜心。
于是奔跑，沿铁轨电车的街道
从黑林山到沃伦山，不管谁的国，
教堂将我缉拿，河流将我俘获，喷泉让我暂时解渴，
而孔雀羽毛、螺钿、金银箔片、蜗牛壳的花纹，
色彩与光泽捣弄的"画出来的镶嵌"，
又一次失望地渲染仓促浮光掠影。
我算什么？一个新移民？一个偷渡者？
一个心怀鬼胎的旅行者？只有两张照片作证，
一张：多瑙河边与爱人搂肩搭背，显摆幸福；
一张：车站前拉着比钟表还憔悴的行李箱。
手揣快要化的奶酪与麦当劳汉堡，
饥肠辘辘的车站钟铃拉响巴塞尔的春天时间，
开往巴黎的TGV火车把水泥森林犁开。
即使统一了国际银行资本计划和资本标准，

也无法统一烤杏仁、烤肠的味道。
站台！站台！跨上一步或进入永别，
我只记得人群蚂蚁般蠕动，没有脸。
不管是谁，只记得蚂蚁的人
他还记得谁？

2010.10.5 巴塞尔至巴黎 TGV 火车上
2011.3.28 东莞

古堡传奇

河谷之上，峰林之颠，石头之上的石头，
在巴黎之外，被幽灵占据。一次毫无意义的
远征，守护家族荣光和旧时代烟云，
即使吊桥、护城河、突廊和碉堡也难以阻隔
春天或秋天降临。文艺复兴的花朵绽放在古堡
外立面上，如同女人唇膏、眼霜和香水，
令人愉悦的面孔镀亮蜡烛高燃、夜晚月色如水。
未能触及的"珠宝匣"，家具、画作、餐具尘埃落定，
银器光芒映亮未来得及展开的经卷、藏书，
你没有理由不讲述先祖传奇、教堂钟声。
而匣外花圃、菜园、古木、池塘以及
更远之处森林、田垄、烟霭、雨水，
敞开栅栏接纳一次抵达与离开。
"城堡的世界"不属于大地，城堡外天空
属于跋涉或旅行的人，属于雷阿诺，
在洁白画布上涂抹阳光草地裸体女子，
属于雅姆田园与宗教的宁静单纯。
宏伟与低调是对好姐妹，结伴而行，
采撷薰衣草、橄榄树、冬青栎、迷迭香，
与牡鹿、狍子、灰雀嬉戏，
白腹山雕盘旋时，蝴蝶、鸡冠鸟、伯劳鸟
纷纷栖落神父的墓碑，

一条中世纪小径毅然通向峭壁上的爱情。
古堡，在凝思中接近。撞击。撞击。
石头溅落湖面，升起仰视的目光，
孤绝的心，永远攀升不至神与诗的高度。
上帝，请收留我对文学与历史犹疑的心，
让我懂得忘记，像这个秋天提供的灵感，
让每一次邂逅流水般平静。
我仍有勇气，如同黄莺轻歌，
在街头巷尾拒绝众声喧哗，纸醉金迷。

2010.10.6 巴黎
2011.5.22 深圳

葡萄酒庄

阳光是赤裸的，真理是赤裸的，我也该赤裸。
葡萄匍匐在斜坡木架上，因露水的爱情
热烈一个季节的上午。当所有水分蒸发，
泥沙土壤生长的传奇开始酿造。
一种微妙平衡，囊括葡萄、天气、方位和水，
在家族作坊里来回摆动，簇新橡木桶
盛装细节与荣耀，而温暖湿润的地窖
渐次发酵，月光穿过层层夜幕洒落一片银辉。
阔大庄园就我一个人等候陌生人来临，
黑醋栗、铅笔芯、雪松和矿质香气萦回，
柔顺的时光层次丰富、馥郁优雅，陈年往事
漫上窗篱和塔尖，我听见晨钟暮鼓
自遥远东方传来。这一刻，我该读哪一本书，
国家、民族、宗教、家或者爱的哲学，任何一个章节，
都异常芬芳复杂变幻迷人。在这样一个河谷，
拉菲、拉图、奥比昂、玛歌、木桶，熟悉而陌生的
名字，如同紫罗兰的情人，欲罢不能。
揣在手心摇晃，仿佛一片红色天空，
烟草、焦糖、黑草莓、咖啡和少许松露的味道
气质逼人秋波暗送，媚态软弱无力，
击垮日益增长的智慧。如果可以，我就这样，
做一个庄主甚至家仆，守候七八顷土地、

一片葡萄、一窖酒的绵长，读秋去春来的露水，
实在不行，就做一个旅行者，醉倒在阳光赤裸的
葡萄园，帝王一样与酒孤独一晚，
然后同七十年的葡萄树一道连根拔起。

2010.10.8 巴黎
2016.1.9 贵阳喜来登酒店

流派

这是一个流派。

"枫丹白露"或者"芳丹薄罗",

任何诗人命名改变不了巴黎东南偏南的位置,

"山边泉水"催生的诗意比露水罗纱空灵。

一个流派诞生需要时间雕刻,

七个世纪,多少君王,无数艺术家工匠,

把森林中黑色古堡扩展,粉饰,涂改,

终集大成于一支丰乳肥臀的舞曲。

流派需要狩猎婚丧国宴、一切仪式,

庭院巨大开阔,跑死大汗淋漓的白马。

流派需要战争、囚禁、条约,

一场告别演说让白桦蜕掉最后一层皮。

流派需要黄红绿的金叶、多个影子的镜子,

需要珍藏——东方瓷器宝石金银器,

遥远编钟在灰烬空空的香炉上绝响。

流派需要欣赏的女人,昨日或明天,

流水一样接踵者,不分东西,

在语言翻译器的回忆中回到原点。

其实,我自己就是一个流派,

不为时间背书,不为对称的园林找中间线,

更不费心从寓意画中找到预言。

独自坐在圆弧形入口台阶上,仿佛置身葫芦中,

看见广场上空荡荡的荣誉、告别，
杂草冒头的石砖间，又一个夏天凉风习习。
没有乡愁，更没有"遥远的兴趣"，
最后悔的冲动——对着漂亮孩子拍照被勒令删除，
这样得以保存更大空间，
容纳巴黎黄昏、心院中的大运河。
船已驶来，高大镏金栅栏不能阻挡
一个绝望的流派诞生。

2014.6.6 法国 枫丹白露

在舍农索堡

我们一路上没有交谈。
卢瓦河谷平缓得像一个平胸的情妇，
"停在谢尔河上的船"让爱情有了温度。
老磨坊的两个墩与五孔廊桥
拱起唯一水上传奇城堡——舍农索，
从而每个人用河流来估量自己命运。
于是我们谈论爱情，从前院开始，
甜蜜的忌妒一直烧向内部小教堂，
每一间卧室都怀揣异样颜色。
驱逐，转卖，隐退，杀伐，狂乱地做爱，
千金榆篱笆紧围迷宫，没有谁能
攀上迷宫中心爬满柳藤的亭阁一览无余。
于是我们谈论优雅，从壁炉天花开始，
到前厅楼梯、绘画雕刻整洁版画间，
石印红粉、建筑水彩还原女主人旧梦。
当木槿开放，露台上冰山月季晚玉香，
古老温室中风信子朱顶红郁金香毫不犹豫地回防，
启蒙时代沙龙中口水如河流暴涨。
于是我们谈论战争，女人之间的除外，
一战时长廊上临时医院摆了多少张床，
二战时从右岸纳粹占领区到左岸自由区，
炮口下有多少人次奔跑，掩护。

西蒙娜·梅里耶，我唯一提及的名字，
勇敢的白衣天使比"白衣王后"圣洁，
用巧克力治住伤痛，用春光止住严寒。
所以我乐意买一盒巧克力，以修复
花园、疲惫的爱、漫长的旅行。
我们继续谈论，忽略酒、厨房、其它杂史，
说到城堡天际线，而你用指头
比划天空，直到我们站在河流中央，
蓝色的水涌进古堡、窗户。
我们手拉手，自信不会遗忘塔与桥，
堡垒已被夷平，夹道树参天蔽日，
直到离去，才发现河上的浮萍、白云。

2014.6.10 法国 舍农索堡

香波堡

小睡，枕着卢瓦尔河微澜，想着王与后。
舍农索是后，香波堡是王，
在东方，名字被盗用，一次次溢价临摹的房子。
王们都热衷梦想、艺术和奢华，
臣民们甘于附弄风雅，白色身影
响午时分扩大一万倍的炫耀。
365座烟囱，没有一座升起炊烟，
点燃巨型蛋糕上的蜡烛。
卢瓦尔河平静地接近绝望。
即使达·芬奇死在这里，
两组独立螺旋上升的楼梯，围绕一个轴心，
可看见，不碰面，也无法避免枕头纷争。
一开始就不设防，塔顶月光露台
捕捉湖水与森林、葡萄园的光影。
漫无节制的装饰远离终极和谐，
只留下山型墙窗户、直角亭阁，
直视法兰西的早晨与黄昏。
即使皇帝也无法改变河流的走向，
即使皇帝痴迷于追逐和游戏，
但忙于征战的国家有比狩猎更重要的事。
我走在支流克松河边，橡树林空寂，
响起两个世纪被遗忘的足音。

一群树木漫步，向着傍晚与死亡，
我知道，此刻东方的桉树正在疯长，
没有谁知道"香波"的秘密和容颜。
他就是一个名字、象征，被贩卖。
我想真正睡去，和阴影搏斗，
在我心中，香波堡也睡去，
呼吸如此沉重，轻微。
我们一起睡去，保留最初的呼吸。

2014.6.10 法国 香波堡

天堂

—— 赠胡续冬

巴黎初夜，负一层天井，如同明亮的墓穴，
塞纳河迫不及待将风吹进来，看见天堂。
逼仄酒店比巨大行囊瘦小，
挤压短暂而傲慢的睡眠。

醒来，拖箱横扫十四街区、"热爱的大道"，
赶赴一个共同的名字 —— 蒙帕纳斯。
首选公墓，其次火车站、塔，
无法承受之重，改乘的士直接靠近。
当我迈入侧门，雨水从天而降，
打湿文学的初心，退至门外超市屋檐下，
想起波特莱尔、莫泊桑、波伏娃曾经说过的话。
一座帕纳塞斯山，重建在三个农场之上，
与天堂如此接近，他们说过的话
凝成另一种生命，碑一样站立。
我需要一杯咖啡取暖。

雨稍停，爱人继续琳琅满目视觉，
我独自再次鳖入，微雨又开始蔓延，
从天空渗透灵魂。这一次不再拒绝命运安排，

面对死的象征，以漫步思考"再见的仪式"。
灰色花岗石、雕塑、头像，模糊辩识的文字，
走在永恒的道路上，生活馈赠奇迹，
诗歌给予死亡以安慰，包括一而再的雨水。
巴黎令人欣喜若狂，在石头中不朽，
直到公墓大门，抬头看见塔 ——
不民主的"幽灵"。
我需要一块面包充饥。

当我与诗人相遇，在怪兽般火车站，
杜拉斯的鲜花开放，没有"情人"。
你前脚刚离开，我后脚便进入，
因为两场雨水，错过共同抵达。
最后的仪式远离天堂。

2014.6.7 巴黎 蒙帕纳斯公墓

探监

—— 赠姜涛、胡续冬、明迪

英语如此蹩脚，比巴黎地铁更破烂，
火车站与说法语的老头无法对上暗号。
冒汗的12点12分，径直奔向十步外的火车，
车厢门口幸运集合即将"雪崩"的诗歌之旅。
普瓦捷，那个三面环河的西部城市，
铁路将 D 字和山丘缝补完全。
我关心榆树，百年战争遗址，
但时间只预留一个下午阳光
将古老敌意和友善广场、教堂稍许拯救。
老车全身响亮，载我们上至山头，
簇新的同道者俯瞰城市黄昏，
发不出一个声音，面对风的动静。
我们即将投入一场朗诵，对话，
躲过监狱高墙，躲不过低矮探监室，
野草在房子内外暗自疯长。
我曾经想象过诗是监狱里的灯光，
幽暗、荣耀且孤独，而我们止步于此，
喧哗或孤独，掩不住内部紧张。
隔着马路向铁丝网张望，明亮的灯
照见自己影子，会不会有一个罪犯跑出来，

对着我们张牙舞爪，信口说一堆听不懂的话。
我们讲述共同与各自的源头，
一个苗的远征，悬棺比监狱高深神秘。
探监好像一堂诗歌课，古怪的事实
让我们突然爱上奇异房子，
可以沉默，交流，可以吃春卷喝红酒，
到房子后杂草中抽几根中华烟，
看月亮照亮深邃黑夜和随之而来的黎明。
当我回到酒店，一身轻松，不忍睡去，
普瓦捷虽远离边境，但诗歌突破遍筑的堡垒，
虽远离家乡，但一次偶然造访，
明白河流方向，不可逆的征途。
探监者与罪犯，血脉相连的亲人，
谁给谁带来口信、幸福与暧昧？
有一点确定，归程，次日11点08分，
巴黎，更大世界，名利场。

2014.6.7 法国 普瓦捷

八夜

—— 赠韩博、蒋浩、姜涛、明迪、张尔、顾爱玲

八夜比一周多一夜，上帝的安排。
不安分的头颅在不同签证中
都以环球飞行的英文邀请函进入法语地下铁。
"诗如虚构"，巴黎中产公寓如虚构的家，
收集不同胃、脾、眼睛，以及来历。
有人提前离开，去另一个城市碰运气，
答案留在欧洲之星穿梭中。
有人辗转反侧于高床，其卧枕
无法安顿偏头痛、高血压脑壳。
有人缓慢地摊开红色折叠沙发，
把沉闷心脏送给马路对面医院探测，
北京良知与巴黎道德有无区别？
有人怀揣地图，跨过七八个街区，
寻找西方跳蚤，货真价实的东西
比东方魔术师高明，长发亦如此。
有人半夜看世界杯足球，不敢尖叫，
担心惊醒隔壁春梦，索性跑到酒吧撒欢。
有人要街头漫步，去看望二十区拉雪慈神父，
最近的杜拉斯百年玫瑰开得正盛。
有人想着远行，去面对古堡的风景与痛楚，

因为他（她）不想再来，或走回头路。

有人充当语言与现实的道路，

让我们找到法兰西十八世纪阳光和门牌号码。

好了，现在，我们都是命运朗读者，

在近郊画廊、教堂旁边广场上的临时市场，

左岸咖啡馆（花神或双叟），

以及塞纳河上巴黎圣母院旁游船中，

不同诗歌以同一种皮肤呈现，

语言再一次找到两个传统阴影。

有人坚持吃牛排，有人四外找中餐，

早晨各自解决，面包牛奶蔬菜沙拉奇异的粉，

老干妈、水果没有发表任何意见。

精确的平衡如同精确的诗行，

即使没有一夜围坐、开会、谈论，

也没有号令、统一行程，除必须节点外，

松散的存在都是亲切温暖的属地，

相互致敬、礼让，空气清新房子明亮。

但对时间而言，我们都是礁石，沉默心照不宣，

是玫瑰的手，在巨流河中舒畅地相逢，

是诗的信徒，不游戏，也不献媚，

宁愿退到钟楼里，让墙壁保持洁白。

当第八夜过去，罢工的火车也无法阻挡告别，

一夜接一夜，没有词，八夜凝成一夜。

忘性的我忘记地铁口、公寓名字，

却牢牢记得，初夏巴黎，两道门之后，

逼仄缓慢老旧电梯把八人行李送上楼，
我们沿楼梯爬上，气喘吁吁打开那扇门。
那是巴黎惟一的门，除了凯旋门。

2014.6.8 — 6.15 巴黎

在意大利

废墟

"罗马不是一天建成的"。

"条条大路通罗马"。

"身在罗马就做罗马人"。

一个不由自主的人在这里，

看见一片片废墟想要复兴夕阳和格言，

重新成为山和海的主人，愿望如此相同。

倾斜的屋宇漏下神与宗教，

事物空虚且充盈。帝国消亡，

喷泉升腾，快乐的孩子四处跑动，

由于忘却而快乐。元老院外，

罗马美丽十月天。

台伯河生长欢爱，

亚平宁山脉分割情仇，

二十四座桥架起永恒。七丘之上，母狼乳婴。

这个时候谁还记得母亲与河流?!

本是拉丁语的国度，随刀光扩大至中东，

开始流行希腊语。语言的分裂催生战争，

帝国的马各奔东西，一切陷入回忆，

但没有人以饮啜回忆获得新生，

只有废墟。

焦黑带有伤口的外壳下，

涌动焦渴的记忆。

元首、元帅、最高执政官、
终身保民官、大祭祀长、首席元老，
甚至"奥古斯都""祖国之父"，
创造词汇的英雄，裸体雕刻在
"人类最幸福的年代"，
谎言一讲两千年。这是活的会呼吸的废墟，
在黄叶飘落星辰的盛大节日，
于广场或台阶一角成为背景。
灯光闪烁，红酒和咖啡交错，
空气中散播着雏菊花香。
夜如白昼。

2010.10.1 夜，罗马
2010.12.12 深圳

角斗

被拒绝在外，时间的黑夜将临。
铁锁沉重，最后的阳光晒黑西北角皮肤。
八十道拱门，没有一道为我打开。
不能成为角斗士，也不能成为观众，
与你无关，最大的圈套，如同建筑的圆。

但我不能示弱。即使不是奴隶主，不是流氓，
我也不能忽视每一个细节，比如
罗马皇帝征服耶路撒冷时上翘的眼睫，
八万犹太和阿拉伯俘虏褪色的脚毛。
我捏了一把泥，手指上血迹斑斑。

我曾仔细做过功课，开列一份清单，
研究过三叉戟和网，刀和盾，想象着这样一幕
情景：没有头盔的失败的人生站在喧哗中央，
恳请看台上手巾舞动大发慈悲，
而天空的手心却翻然向下。

这样的场面令夜晚盗汗，甚至遗精，
我觉得整个罗马以及整个世界，将会在一场地震中
或斯巴达克呐喊中坍塌，即使不是全部，
也有大半。那么你们肆意高歌欢唱吧，

在夏季的边缘，我已不能想象海战。

只能体会另一场围剿，山巅之上长城毁灭，
沦落在一眼望不到头的衰草和黑暗中。
我登上不高的山俯视，斗兽场漆黑，
泛光四处射来，这一次角斗，我不能示弱。
我要守护好钱包、良心和胸中愤怒的兽。

2010.10.2 罗马斗兽场 II 10 ROMA CITTA HOTEL
2010.12.17 衡阳林隐假日大酒店

罗马假日

一个人没有足够时间阅读季节，
就像没有足够时间阅读史诗。
一个人没有足够时间朝拜万神殿，
思考废墟下的一叶草、迎面撞来的半截罗马柱，
就像没有足够时间研究一个人。
比如恺撒，一个"被大帝"的征服者和诗人，
比如埃及艳后，一个"被美丽"的法老和学问家，
更没时间揣摩他们之间的爱情，或者色诱的往事。
外来，暂留于此的陌生客，
在扭转的语言中追寻着什么（事实上没翻译也无所谓），
在同一时刻想起爱与恨的神，
却没时间去哭与笑，去喝咖啡，饮啤酒。
那些在战争中制造的爱，在爱中制造的战争，
一次次重复上演，不论东方和西方，
都没能将时间的尾巴、影子拖得更长。
无处不在的凯旋门，随处可见的铜马雕塑，
任意把时间挥霍，甚至遗忘。
在那个爱情的湖边背身向后抛去的银币，
承接一个良好愿望，将美丽的淫荡击碎，
一丁点浪花隐没在薄暮闪烁的灯光中。
没有时间，双脚唯一能做的是将教堂走穿，
就像穿越一个狭窄琳琅满目的街道，

当灵魂老练时，仍是一个初启蒙者。

书籍堆成墙，挂满蛛网和灰尘，

老掉牙的假日已忘记快乐和痛苦。

秋天将死去，无花果死去，树叶死去，

遥远而临近的枯枝指向神开始的地方，

一个个台阶等待攀缘，或在尽头看见天堂，

或在中间某个地方，大声喘气，喝着自带的凉水。

2010.10.2 罗马 H 10 ROMA CITTA HOTEL

2010.12.19 深圳

在梵蒂冈

两把钥匙，黄和白，飘扬在头颅上空，
无法开启卑微者思想之门。
圣人们在灰暗的风中等待阳光灿烂，
木头人却与一排排木椅线形战栗，
手持的地图开始脆裂。
表皮剥落的石头，在志愿禁卫队指挥下，
祈祷元旦、复活、圣诞的感恩时刻。
哦！今天是礼拜日，
错过了阳台上播送的晨祷词，
只能在镜头中想象左右两个喷泉沉默地开花，
不管是格林威治时间，还是罗马时间，
都与我无关！只有北京时间还在束缚身躯
行走或固守。在这个广场上，
在光明的预言中，渴望从右边的门进入，
二十五年一次，祈愿上帝的国降临
到遥远的城市，哦！还有我那贫瘠的乡土，
风气开始败坏的山村。
在世界的中央，一根公元前的埃及巨大圆柱高耸，
鸽子掠过，白色的光击中胸膛，
在其轻描淡写的飞扬羽翼下，别人看见艺术，
我看见逃避的黑暗，正在意大利语
或拉丁语的嘴唇中念念有词。

对于国中国来说，我不是怜悯的对象，
也不知向我招手的是谁。

2010.10.2 罗马梵蒂冈 H 10 ROMA CITTA HOTEL
2010.12.26 深圳

长明灯

圣彼得墓穴上方，十字横陈，圆顶覆盖苍穹。
马车抵达时，驻足的石头仍漂浮在
基督与天主之间、儒释道之间。
此时不分苗汉、种族、肤色，
曾经驱逐的人已经腐朽，被驱逐的人
血液尚未淌干。最忠诚的门徒跪下，
右脚携带神的保佑和好运，创造新世纪。
但一匹尽管向更远处走去的马已经习惯
厄运，如同坏天气，奔跑的古老选择。
什么时候到巴黎，去红磨房看女人大腿，
最好能上床，吃香水樱桃，
这样的欲望被长明灯抑制。

两个甲子重建，构筑天空绝对的高度，
权力的柄、中心的位置。在两种风格 ——
罗马和巴洛克的拥簇下，肃穆
进入，屏蔽广场的声色，以一张标准的
脸孔，掩藏了私人痛苦的雕像进入，
空阔的胸腔挤进布拉曼特、米开朗基罗、
波尔塔、马泰尔、拉斐尔的心，
隔着玻璃，赤橙黄绿青蓝紫，妩媚动人，
鸽子一样，旋飞于殿堂与想象。

圆顶下的祭坛，青铜华盖，扭曲的圆柱
肌肉粗拙有力，惶恐不安，
在圣女的唱诗中，归入平静的
秋日的荒原，安魂曲。

尊严地活着，老建筑或教堂一样
坚守岁月，空椅子上坐满前生来世。
一群五色班驳的灵魂缓缓地
拖着窃窃私语，等待良心的安检。
中世纪的武士守护九十九盏长明灯，
不管窗外黑夜或白昼。
旭日东升时，弥撒开始，人早已离去，
最后的审判尚未结束。
那时，我正挑着意大利粉捣着番茄汁，
嘴巴不能开口说话。

2010.10.2 罗马圣彼得大教堂 H 10 ROMA CITTA HOTEL
2010.12.28 东莞

判决

一旦走向佛罗伦萨，那将是
一次畅游地狱、炼狱和天堂的奇妙旅行。
阳光明媚，我知道，自己在人间，
必须选择一条但丁的令鸽子飞翔的石头小巷
前往天堂。我刚美餐一顿，有红酒佐食，
但头脑还清醒。我面带微笑，
在花簇装饰的小餐馆外拍了照，
对朋友们说，我要去议会大厦
取回一份判决，虽然晚了七百年，
回到母亲剪脐的地方。

任何宣判都是浮云。宁愿流放，
也不缴纳五千佛罗伦币罚款，更谈何宣誓忏悔。
哦，漩涡的广场，白色雕像四处守护，
黑色铁马枕戈待旦。一个脸涂白粉的
小丑四肢乱舞，吸引刚刚从教堂出来的人。
黄金之门仍未打开，他奔跑过来，
试图抚摸黄色的颜面。我没有躲避，
迎上去，如同九岁时邂逅少女天使，
终极一生献上所有诗篇。神曲
在嬉皮笑脸中分娩。

如果有判决，请把佛罗伦萨，

把阿诺河，把维其奥古桥判给我。

我在上面摆一个地摊，兜售

阳光、神圣水流和诗歌，

以及各式各样古今中外的判决书。

风雨的日子，就充当一个秘使，去欧洲腹地，

希腊、小亚西亚，收集手稿和羊皮纸。

或者在无与伦比的乌菲兹

讲述宗教原则、人性激情和民族传统，

接着，谈谈我这一生 ——

一个苗远征的昨日与今日伤痛。

2010.10.2 佛罗伦萨

2011.1.25 深圳

注：国际在线2008年06月18日专稿：意大利佛罗伦萨市议会日前撤回了对意大利
最著名的诗人但丁·亚利基利的判决，允许其回到佛罗伦萨家乡。1302年，但丁
因维护佛罗伦萨独立失败，被教皇控制的法庭判定：如果再踏进这个城市，他将
被绞死。直到去世，但丁也没能再看一眼自己的出生之地。

泅渡威尼斯

放弃陆地，选择泻湖小岛，
在宽广水域上开启国门，
独立于拜占庭，自成权力和财富的巢。
长袖善舞的威尼斯人从莎士比亚台词中走出，
争先恐后上船，驶向地中海、非洲东岸，
在夜幕灿烂中，最终回归圣马克广场或高地市场。
现在，一只东方水鸟按照公元810年的路径，
抵达西方这座即将淹没的城池，
能够拔高岛屿，抑或捺低水平面？！
这样的浮想被阳光刺破，
冷风捣乱。我已沉水水底，
泅渡，仿如鸽子翔于蓝色天际。

一边是宫殿，一边是监狱，
叹息桥上，诗人拜伦吟唱哈罗尔德的朝圣。
"东方，再度将怀中美玉珍宝倾入闪亮的水。"
我在冬古拉船头，看见金黄的雨
落下，倒影一片眼花缭乱的檐角。
泅渡者在记事本上以罗马、哥特、阿拉伯风格，
加上东方气质、苗的风俗建造元首宫、
议会厅、教堂、军舰修造厂……
一个国的诞生，水晶一样，经过燧火。

不是东征就是西征。
不是流言就是谎言。

徘徊在东方圆柱下，我和妻子等候演出，
既定的旋律尚未响起，
性感的 THU TRUSSARDI 美女爬上半边建筑，
眼色迷离，情欲苦同咖啡。谁在乎
一个寻找灵感的异乡人，海水四面涌来，
歌声一样教堂圆顶一样覆盖头颅。一个向海的城
转向陆地之后，"原来拥有的两套房
变成只剩下一套房"，拥有了权力，
繁荣如水消散。除了这句名言，
记住的还有《迈尔库里欧和美丽欢乐三女神格拉茨》。
当然，也顺便带回了街头画家的速写，
合影。除了那条狂吠的狗。

2010.10.3 威尼斯 HOLIDAY INN HOTEL

2011.1.28 东莞

德意志之歌

科隆黑铁

古罗马要塞、殖民地，汉萨同盟成员，
一条河流将城市的肌理串起。
当舟楫车马从这里经过，
黑色的煤、铁与蒸汽机沸腾，
三次大繁荣被穿制服的党卫军一枪刺破。
当我抵达时，鳄鱼草爬满墙壁，
街心花坛玫瑰与郁金香一朵比一朵娇艳，
飘白云的莱茵河一如既往的蓝。
礼拜钟声响起，从黑铁般大教堂内部，
通过十字架无数倍扩大圣洁的唱诗
和歌德、海涅、策兰高亢或婉转的抒情，
没有飞机轰炸声，失败的消息
与一片接一片倒下的房屋前赴后继。
当年发行的彩票、十六万吨石头，
石笋般一层一层拔高莱茵河、德意志，
科隆历史唯一的存在支撑严谨的天空。
废墟快速站起来，脚下的石头坚固如昔，
城垣高垒，罗马塔至今犹存，
高耸的双塔、圣坛仍保持古老模样。
但没有什么比钟声、河流更绵长。
谁还能读《新莱茵报》？
当高原屏蔽了西风，"焚风"接踵而至，

当河水泛滥，浮冰与同性恋游行一样盛大。
我嚼尝马铃薯与苹果泥混成的"天和地"，
想着要不要带一瓶花露水 —— "科隆之水"
回去，送给妻子和冥想的情人。

2014.6.1 德国 科隆

波恩音符

如果每一个"兵营"都能变成城市，
那么屋顶的阳光该多么美好，
如果每一个城市中心都是大教堂，
那么广场上的鸽子该多么安详。
如果每一个城市都有一位音乐家，
那么没有红绿灯的街道上随便拣起的都是爱的乐章。
前科隆公国首都，前西德首都，
一个流淌音乐的城市，四面环水，
以大长调讲述热切的爱与悲悯。
生在阁楼上，死在他乡，
贝多芬留下手稿、文献、乐器，
和生动的跳蚤市场，簇新的花园，
每一个角落都曾遗下悲伤。
我在远处从正面看，桀骜不驯，
转到背面看，沉思、忧郁，
当我走近，一堆杂乱无章的瓦片溅起音符
森林般紧紧拥抱《田园》《月光》。
正如一所古老大学，碧绿草坪
把波恩全部摊在"统一"的阳光下。

2014.6.1 德国 波恩

沿莱茵河谷至科布伦茨

并不是所有峡谷都沟壑纵深，
莱茵河谷把德意志的心脏及动脉勾勒，
两岸遍种葡萄，呼唤地中海的阳光。
与其媲美的只有沅水及其上游的支流，
沟通长江珠江，低吟两千年的"橘颂"。
并不是所有河流交汇的地方都诞生大帝，
莱茵河与摩泽尔河例外，科布伦茨，
威廉一世跃马展翼，恢复国家的铁鞭，
从此这个角成为"德意志之角"。
我从东方来到西方，沿河流而下，
辗转找到相似的风，从陡峭峡谷穿越，
进入房车露营地留下的啤酒与肚脐。
"花火中的莱茵河"就像故乡放灯的河流，
把一代代人的梦想寄存，而更遥远的回声
来自金发女郎的传说、骑士决斗、教会纷争。
无数城堡童话般矗立在河岸，有谁知
它们也曾是藏匿臭名昭著的马贼窝。
河流喘息，我漫步在岸边，旌旗漫卷，
复活的骑士穿着盔甲叮当作响穿过废墟，
城堡院落中哒哒马蹄声与宫廷抒情诗此起彼伏。
没有大帝的日子，我只记得其身后
三块品字形竖立的白色石墙 —— 统一纪念碑

在白色刺眼的阳光下突然大声说话。

2014.6.1 德国 沿莱茵河谷至科布伦茨

转身，在法兰克福

陶努斯山南面平原上的北方前哨，
无险可守，一条长城连接莱茵河和多瑙河，
绵延数百里，逶迤至此，几度荒芜。
失败的大帝因一只鹿涉水过河转危为安，
从此，边城成为"法兰克人的渡口"，
从此，皇帝在这里选举、加冕。
我想起远东南方丛林中的"边墙"，
扼守苗疆，无数次抵抗北方腥风血雨，
至今仍找不到简牍，
那些前进的堡一个个残存在夕阳里。
从边城到文化中心，
战争催生华丽的转身，
把欧洲的天际线一次次拔高。
然而骄傲的歌德大门紧锁，
皇帝一样拒绝了我，
法兰克福也如此，冰冷的金融证券
钢铁桥一样跨在河上，与我毫无关系。
歌剧院，保尔教堂，与自由民主也无关，
再多的博物馆，再大的书柜又如何，
没有歌德，宁愿连夜离去，赶往下一个城。
当我转身，回头望了一下四楼房间，
"少年维特的烦恼"美因河般涌上岸，

自从爱上"夏绿蒂",便忘了"浮士德",
以及木偶和自编自演的黄昏。

2014.6.1 德国 法兰克福

"故乡"海德堡

回到"故乡",海德堡,一条河流
穿过哥特、巴洛克和文艺复兴的山谷,
经过我的肺叶,进入古堡复杂内心。
一头金色的法尔茨王国狮子,头戴红色王冠,
站在绿色的三座山上,就像红褐色古堡
屹立在遥远而邻近的长青藤上。
望不到黑格尔 的"哲学家小道",
只能在古桥上看流水,流水看我似流水 ——
又一个诗人前来,他的歌唱胜过荷尔德林?
"那少年,那激流,向平原绝尘而去,
悲喜交加,正如心灵,美妙而深情地沉溺于自我。"
然而"投入时间"洪流的我已不是少年,
见识了许多风物,不再喜欢完美,
那些残破的头颅如同暴风雨中的李尔王。
为何未及抚栏就泪奔如流水?
只因古桥点睛,把彩虹猛然带到万里之外。
"偷心"的城市,诗人歌德"把心遗失",
我只好把心寄回故乡夹岸的河流。
现在,能浪漫一回吗?在"迷人的远方",
俾斯麦广场与其他并无差异,
大力海神格立斯喷泉也波澜不惊,
我能想到的是从此做一个骑士,仗剑远巡,

或在低缓山坡遍种葡萄和小麦。

幸好"骑士之家"不再兜售东方绫罗绸缎，

半杯酒让浪游者回到故乡，

"两岸目送他远去，在波浪里荡漾着的

是它们迷人的景象"。

2014.6.3 德国 海德堡

斯图加特马场

掠过封建王朝金色屋檐，进入工业时代，
诗歌和哲学交集地带，森林挡住外来的风，
把气温升至闷热的眉宇。
谷壁陡峭的悬崖下之前一定水草丰美。
斯图加特，王公贵族养马场，
在当代，奔驰、保时捷并驾齐驱，
但工艺再精密也比不上黑格尔哲学。
我在故居前站了三分钟，斑马线与红灯留下一纸空间。
而老皇宫前欧洲最古老的圣诞广场
与其身后席勒广场，空荡荡，孤零零，
就席勒一人埋头悲伤，就我一个人来，不为绝斗，
只为木质摊位中的葡萄酒、肉桂格子饼，
让我享受半响革命的暴雨。
想起之前从路德维西宫呼啸而过，
高大并列的树木留下林荫道，我是自己的王，
在诗思中找到自由驰骋的马场。
当抵达和离开，零星雨点落下来，
仿如思想，挤满空洞之城。
而我的诗篇跌落在钢结构玻璃幕墙下，
开出比郁金香更艳丽的花朵。

2014.6.3 德国 斯图加特

慕尼黑刺客

太阳雨，又太阳雨，之后豪雨如注，
是蓄意已久阴谋，还是太阳的黑斑。
"百万人的村庄"，身披巴伐利亚战袍，
灰宝马从宁芬堡前宽广的水面进入，
看得见阿尔卑斯山冰川、燧石、冰碛，
看不见大地褶皱和和内心躁动。
僧侣之地，谋杀的城市，"有心脏"吗？"爱你"吗？
市政厅塔楼上木偶戏定时上演，
十二个骑士组成的钟点走马灯似地报时，
喜好学问艺术的君王把脸面修饰一新。
我想问一声，为什么居丽娅乳房被摸得锃亮？
希特勒政变酒吧黑啤仍在狂欢？
新与旧、保守与革新激烈冲撞的泡沫盛大？
我是过客，纳粹的胡子没有长成，
但也愿意登台演说，或者在街头闻乐"狂舞"，
把酒之甜传染给每一个驻足倾听的人。
在慕尼黑，"秘密首都"，今夜就做一个刺客，
气宇轩昂，讲究生活品质，
守着前世秘密寻机刺杀今生的放荡。
这远比做诗人、政治家光荣、正确，
因为雄壮的不仅有管弦，更有自省谦卑的魂灵，
也曾特立独行、狂野、目空一切。

现在，从"咸猪手"开始，一而再，再而三，

之后，带走一个杯子，盛满阳光或雨水，

在啤酒泡沫覆盖的旧时代大街上

一路狂奔。

2014.6.3 德国 慕尼黑

天鹅堡

我的一生也抵达不了天鹅的天空和湖水。

一个国王，一生打造三个城堡，

我用一天浏览两个，除了最后死亡的湖。

林德霍夫宫、旧天鹅堡（新天鹅堡），

"崇高的山之孤寂的众神的黄昏"，

山雨过后金黄的夕阳呈上彩虹，

遥远的童话近在咫尺，

不论新旧远近。

魏尔伦献诗中"唯一真正的国王"，

（巴伐利亚国王路德维希二世）

专制、失望之余，热衷建筑，迷恋白天鹅，

于是，悲剧加冕于雪山之冠湖泊之晴。

那么后来者谁能成为骑士"罗安格林"？

这种痴想无疑白日梦，镜中花。

现在，墨蓝色阿尔卑斯湖边，野花铺开草地，

车水马龙的浪漫主义童话病患者，

一个堡接一个堡观看高悬的蜡烛。

无人明白，悬在玛丽安桥上的风穿过峡谷，

与瀑布一道撞上外冷内热的"荣誉寺庙"，

是比山川湖泊更梦幻神圣的歌剧。

当我睡下，月牙在天，星星零落，

不由再次想起国王的金丝床，

长一米九，宽一米，终身未娶。

哦，天鹅！

2014.6.4 夜宿富森天鹅堡下 Hotel Guglhuf

波茨坦公告

夕阳把我们拉入柏林，国家历史博物馆 ——
前军火库、英雄纪念馆、纳粹宣传论坛，
夜色则把小雨折进波茨坦。
一截红色断墙上蜡烛点燃贝尔特，
自由与轻松从易北河、哈弗尔河中溢出，
无忧宫无忧，采茨利恩霍夫宫白云悠悠。
我能在啤酒泡沫中看到
黑麦燕麦小麦和众多湖泊的春天。
我能发布一则公告吗？
土地可以分割，天空不能。
男女可以分割，爱情不能。
森林可以分割，鸟儿不能。
河流可以分割，波浪不能。
黄金可以分割，历史不能。
或许所有金木水火土都可以分割，
但金木水火土组成的世界不能。
废墟上的枫树重生开始变得金黄，
映亮布满弹孔被火烧过的大理石罗马柱。
不断提升的脚手架宣示重建继续，
与博物馆中诚实的杀戮呼应。
在波茨坦细节带来惊喜的酒店，
男人们围坐酒廊看绿茵上足球奔跑，

我想起教堂前那个身披婚纱的姑娘，
金发碧眼，朝我们投来时间的微笑。
今晚我不会和她讲述什么，
包括明天的行程、历史的羞愧，
只需深吻，深爱，这一夜，值得赞美，
因此，这一天值得铭记。

2016.10.8 德国 波茨坦

注：贝尔特，全新一代风格酒店，氛围自由而轻松。

希特勒的桌子

旋转的玻璃蜗牛进入地下的历史，
战争在玻璃中酝酿生发，被宣传画、报纸控制。
底层留给"历史上最恐怖的世纪"，
"性别之间的关系"或"战争与和平"。
只有这张桌子可靠，虽然也在玻璃中，
但其长度足以躺下希特勒和他的情人，
当然情人赤脚踩在他的半秃头上。
厚木板，雕花，桌上一角一定会放置地球仪，
柏林的位置已经被苏联红军战士击穿，
但之前他的目光能穿越什么 ——
勃兰登堡门下流动的火把，国会大厦的黑烟，
抑或一种标准的小胡子。
桌子不说话，像一块巨大石头
被流水与人磨得更加光滑。
它的对面，白色集中营模型，
无数裸体男女被送往实验室。
另一角，庞大的新议会大厦，白色苍穹覆盖，
人在罗马柱下比不上一只小蚂蚁。
我相信时间会在这里有一个停顿，
不用解说，也能从统一的蓝白竖条衣服中
洞穿"战斗女人"凶狠的眼神、剑的寒光。
我再次凝视桌子，又一次凝视。

一个号外："HITLER DEAD",

十个字母，标题占据半张报纸半个世界，

"我的奋斗"，一本红封面的书，

七十年没有人翻阅。下一个七十年，

我们为什么样的桌子做着准备？

以国家、民族、领袖之名。

2016.10.8 德国 柏林

在勃兰登堡门下

最初是一道门，通往勃兰登堡，
纪念一次战争胜利，吞下多次失败苦果。
依然是一道门，隔离东西半世纪，
与墙连成一起成为世界"飞地"。
现在还是一道门，穿过只需两分钟，
甚至来不及给烟点上火。
新古典主义砂岩建筑，雅典卫城柱廊，
将门楼分隔成五个大门，自由出入正中间。
那么多神——英雄海格力斯、战神玛尔斯
以及智慧女神米诺娃，几被忘记，
唯有门顶中央胜利女神的翅膀吸引眼球，
面容虽模糊，但四马战车、权杖比天空清晰，
守卫和关卡早已无迹可寻。
巴黎广场、菩提树下大街尽头无菩提，
金黄的树下，麻雀越过面包和星巴克咖啡，
乌云压顶，一点也不惊慌，停落于
西侧三月十八日广场、六月十七大街起点。
帝国大厦已修复，议会大厦前的树木变红，
青草坪上人民围成一圈拉手抬腿。
再过去是动物园，那里喂养诸多猛兽，
包括希特勒，他时常窜到威廉大街。
曾经不可逾越之门，胜利战车掳走又送回。

我在林荫大道上想象菩提树的婆娑，
如果继续往东，将是马克思 —— 恩格斯广场。
现在，大雨降至，我小心翼翼地走着，
勃兰登堡门变成一块石头，被镂空，
我不能在胜利纪念柱与它之间"跑马"，
踩着新集的雨水，收获最新一枚奖章。
也不愿再次躲进博物馆，闪进咖啡馆，
还是找一家小酒馆为妙，以咖喱香肠下酒，
昏暗中想象"整个柏林就像一片白云"，
普鲁士帝国、"黄金二十年代"，
我能得出什么结论？
施普雷河注入哈弗尔河河口处，
蒂尔加藤公园碾磨琥珀的光芒，照耀矢车菊，
白鹳 —— "带来幸福的鸟"，时间的"天使"
给我送来心软的马铃薯泥。
说实话，我就是一只羽毛被淋湿的麻雀，
偶然出现在柏林，但没有找到门。

2016.10.9 德国 柏林

在柏林墙理查检查站遗址

他最多做一个涂鸦者，
没有能力翻过高3.5米高的墙，
所有传奇在坦克与哨兵的枪眼中开花。
他将涂画柏林墙的四种形式：
铁丝网、加强铁丝网、混凝土、75型围墙。
如果更精确些，那就再画上十五防线——
302座瞭望台；水泥墙，铁丝围拦和警报器；
钢制拒马；2米高铁丝围拦；
音响警报缆；通电铁丝网；
22个碉堡；引导（滑）600只警犬的缆线；
6~15米宽无草皮空地，埋有地雷；
3~5米深反车辆壕沟；5米高路灯；
14000名武装警卫；2米高通电铁丝网；
空地；第二道水泥墙，抵挡装甲车撞击；
第十五层防线就是施普雷河了。
当然他还可以再画下去，
头颅、脚印、人心，凑齐十八层地狱。
他必须认真地刻画逃离的方式——
用重型卡车和公共汽车冲击；
挖地道；把孩子装在行李箱中；
隐藏在汽车引擎旁；自制热气球；
穿着自制苏军军服闯关。

他突然觉得画反了，画在了向东一侧，

其实历史仅在西侧存在涂鸦，

东侧的墙上一片空白，

除了鲜血和墙下拼命挣扎的草。

他一路走来，鹅卵石在街道上标出墙的位置，

到查理检查站时，脚开始肿胀，

一面墙上，一个年轻姑娘

双手在嘴边围成喇叭状向人群呼喊。

他忍不住吐了一口痰，

对着行军礼的"士兵"，开什么玩笑！

而许多游客纷纷去买高压锅，

他觉得自己现在就在高压锅中，

空气沉闷，大雨又要落下。

他想带走一块碎石，

可1065个黑色十字架矗立在雨中，

他们，逃离者，在墙未建之前就已丧命！

2016.10.9 德国 柏林

夏洛藤堡王宫花园

睡着的花园在黎明雨声中醒来，
对于夏洛藤堡 —— 霍亨索伦王朝宫殿，
我们没有什么可参观的，
琥珀室"奇迹"已不存在，
浪漫主义美术如同史前和古代史没有开门。
残存的花园，从法式到英式，
随主人心情一个世纪转变一个风格，
最初朴素的爱情，由云杉大道演变为
威廉一世皇帝与路易莎皇后的陵墓。
但转塔、橘园、茶馆仍在，
整齐的白色神话雕像立在两侧。
站在由黄沙与青草构成的太极地毯上
确信一个时代结束，故事刚刚开始。
我一个人跑到湖边，施普雷河畔，
看见一只小船从金黄的落叶中划来，
然后跑到对面埃奥桑德咖啡馆与你汇合，
我确信我的眼睛里保存着小桥的柔美，
你陶瓷般身体里藏着温暖的花园。
我说看见了宫殿前"铁血宰相"俾斯麦塑像，
你说："差了两个世纪"。讨厌的小雨！

2016.10.9 德国 柏林

德累斯顿

愿河流涌进心脏，就像易北河淌进
德累斯顿，十六世纪的歌剧院像河谷
环抱从东往西或南来北往的旅人。
薰衣草香气在途中陪伴着我们到达
每一个城市，每一座圣母升天教堂，
广场上的小丑在吹肥皂泡，
逗留小孩和零星小雨中浮现的阳光。
幸运降临我们，菊花黄枫叶红，
让我们成为萨克森王，骑马列阵，
追随韦厅王朝历代君王出征，
马蹄声碎在"白色的黄金"——瓷器与青石板上。
音乐响起的地方，河流从森林中
进入巴洛克石头底部，
不讲主义，花园小径墓地古桥
让我们成为河流边的草地。
奠石，打桩，防治洪水泛滥，
而新桥将使城市丧失世界遗产资格。
情人节早晨的轰炸留下"无能的山谷"，
但统一让其变成"硅谷"。
音乐如河流从未中止，海因里希·舒茨，
指挥棒使教堂的顶尖发出光，
平衡的力，"神奇的竖琴"，

我与圣母大教堂前的那块残石合影，
然后到广场"edelweiss"酒吧，
愿啤酒与烤肉温暖身躯，就像教堂墙壁上补上的
黑白石砖唤醒我、河流、音乐。

2016.10.9 德国 德累斯顿

音乐之声

在茵斯布鲁克

现在我开始诅咒阿尔卑斯山，在赞美之后，
中欧十字路口城市，莱茵河上的桥，
把奔波而坚实的日子随意牵引。
我的灵魂像施华洛世奇水晶遭遇燧火
自恋的美丽难以自拔。
（我愿做一个匠人，胡子拉茬，每天炼造神奇）
把蜜月安排在这里的人，眼睛一定曾经失明，
因为雪的缘故，或因哥特式黄金屋顶。
2657枚金箔铜板，阳光下熠熠生辉，
就为纪念马克西米安利一世那次毫无意义的订婚，
而有谁还记得废弃的宫殿、教堂和墓地。
帝国会塌陷，茜茜公主的不期而遇永恒。
绝代佳人荣耀一座城。
现在，我的双手、双眼、双脚
已各就各位，准备清理山的纹理和雪的光泽，
水晶森林中，童话世界一次次浮现，
无数次设想的佳话却无处可觅。
对于一个依然漂流的人，没有蜜饯，
只有甜蜜的驻足半刻的栈桥；
只有蜜剑，伤痛一生的审视，按照雪的方向蜿蜒。
如果我哭泣，河流并不在意。如果我歌唱，
古老的哈布斯王朝并不在意；

惟有歌德的"茵斯布鲁克出奇的美丽"
让我忘记欢乐，开始莫名悲伤。
热恋世界如此之久，世界馈赠的
仍是一双奔跑了数千年的芒鞋。
一驾马车停泊在"浮塔"边，我只能钻进
街边一个巨大的空像框里，油画般
陷入城市早晨，世纪黄昏。

2010.10.3 奥地利 茵斯布鲁克 INNSBRUCK HOTEL

2011.3.16 深圳

注：1853年8月，在茵斯布鲁克（Innsbruck）的王公花园里，绝代佳人茜茜公主
与奥地利国王弗兰茨不期而遇，一段佳话从此开始，茜茜公主更在不久后成为奥
地利受人尊敬的王后。

决裂

卑微的奴仆，神童的羽管键琴漫游。
一个有月的夜晚，在雪的掩护下
邂逅茵斯布鲁克。十三岁的少年用羽笔
写信："妈妈，我欣喜如狂"。美丽山川洞开音符，
一场没有尽头的旅行巡演，无处不在的鲜花
将车辙两旁的雪水吸干。而道路
指向更大或更小的城，慕尼黑、法兰克福、波恩、
维也纳、巴黎、伦敦、米兰、波隆那、佛罗伦萨、
那不勒斯、罗马、阿姆斯特丹，
一去十年，暂时荣归家乡。但莎尔斯堡的
天空没有自尊，大教主殿堂落满灰尘，
终须毅然决裂，"准备牺牲幸福、健康与生命"。
天真的孩子成长为维也纳音乐之神，
窘迫日子，再寒冷的冬夜仍翩翩起舞，
如同雪花覆盖黑色的煤。
当《安魂曲》，为死亡而作的弥撒曲生起时，
你已握不住手中的笔。就像现在，
我已握不紧手中高脚杯，红液摇晃，
在1494. Kaifer. Maximilian I，脸色通红，
不敢触摸烛光中发亮的桌椅，

呼朋唤友的欢笑冷于深夜旋涡。

我在石碑上艰难寻找 Wolfgang Amadeus Mozart，

1769年，是哪条道路指向茵斯布鲁克，

2010年，又是哪条道路带我离去。

所有人都知道你的名字，

却不知道你是谁。由于风的呼吸，

我把你的面具戴在我脸上。或许因为这个城，

我梦想的容器充满决裂的勇气。

2010.10.3 奥地利 茵斯布鲁克 INNSBRUCK HOTEL

2011.3.26 深圳

维也纳之声

天空的铁幕依然高压，抵抗着太阳，
但在铅色云团外，我们仍看到阳光，
正如抵抗着风，风声越来越大，
抵抗着诗，我们变成诗，
抵抗着音乐，音乐却从草坪上音符状的鲜花中传来。
其实，我的富足超过皇帝，
她的美貌靓过任何公主、间谍。
我们不会像花园那么贫乏，因为能够欣赏
希腊神话雕塑、罗马废墟、方尖碑、凯旋门，
哈布斯堡王朝的故事雨般密集落下。
她孔雀开屏轻而易举找到不起眼的"美丽泉"，
我，火鸡一样，狩猎着她胸中的野兔，
我们学着雕像接吻，第三者在胯下窥视，
身体慢慢地变成洁白的中国瓷器，
在阿尔卑斯山北麓森林环抱的盆腔里，
两个单音生出一条河流 —— 多瑙河。
我们进入美泉宫，先不去教堂，
巴洛克风格外衣包裹洛可可趣味的心，
安静的声音澎湃不亚于凡尔赛宫。
皇帝、女皇、公主，我们一点不羡慕，
我们垂青紫檀、黑檀、象牙的东方古典中
彩瓷大盘和措花花瓶发出的声音。

我们坚持认为皇宫比不上最初——
磨坊、葡萄酿酒坊、畜舍、休闲果园，
拥有西、北、南全部的森林。
更比不上森林中的小房子，那里住着
圆舞曲的"国王"，约翰·施特劳斯，
演绎《蓝色的多瑙河》《维也纳森林的故事》，
舒伯特，思念《美丽的磨坊姑娘》，
贝多芬，写下《海里根斯泰特遗书》。
我们触摸到一截破裂的墙，纳粹的声音
被华尔兹圆舞曲击败，即使城市被划成四块，
我也要换上绿色西服，打绿色领带，
在绿色房子、家具、窗帘、墙壁、器皿中，
抱紧她，跳舞，开家庭音乐会，
声势不输夏季"美泉宫之夜"，
幸福比茜茜公主秀发更长。
就像诗，在历史和现实主义森林中
学会信任孤独，并把孤独变成音乐之声，
从开始之前，到结束.之后，
从不加入合唱，就是一棵棵树。

2016.10.11 奥地利 维也纳

维也纳心脏

称它为奥地利的心脏。
不如称它为欧洲的心脏。
他没有勇气直抵维也纳心脏，
先在森林边缘外城徜徉，快速电梯抬升，
多瑙塔，望见阿尔卑斯山的雪，
而河流按照舒伯特的《冬之旅》旋律蜿蜒，
水面上白鹅浮起《天鹅之歌》。
他觉得自己看见了波罗的海和亚得里亚海。
信心徒增，骑上自行车来到环形大道，
被拆的城墙基底与铁轨、河流并行，
一一致敬林荫道上市政厅、国会、大学。
寒风中的玛利亚·杜丽莎注视着诗人
换上马车进入内城，卵石砰砰直跳，
这个怀着"世界乡愁"的家伙究竟要去哪里？
霍夫堡皇宫、贝尔佛第宫，不！
他走上 KärnterStraße 大街，
迈进一家蛋糕店，
把最后一口蛋糕涂在脸上，
于是听见了钟声，一定是"普默林"——
缴获的枪炮铸成，大战后残片再重铸。
他抬头看见圣斯蒂芬大教堂，"小斯蒂夫"，
高度与它的历史、地位吻合，

铺反的屋顶上，黄绿黑臂章比双头鹰醒目。

称它为维也纳的心脏
不如称它为奥地利的心脏。
他从大门进入，彩色玻璃打开花朵内部，
光照耀头颅，被绳子隔开的祈祷中
脚下成千上万的尸骨开口说话。
他不愿意登上南塔，340级台阶
23万片彩瓦将收紧维也纳的心。
绕行一圈，又回到大门口，记号"05"——
0代表O，5代表E，OE就是Oesterreich，
祖国，清晰，从来没有像天空模糊过。
但马粪的熏味催促他径直前往国家歌剧院，
红色"兔子"在喷泉前吃草，鸽子飞过脑门。
首场演出的歌剧《唐璜》仍在上演，
《费得里奥》却要等到春天。
他捂住胸口，听见了她的心跳。
他确信自己在这里跨过了痛苦和恐惧，
城市三个圈，从心脏放射出的道路，
将来还会来，比如圣诞。

2016.10.12 奥地利 维也纳

瑞士诗篇

苏黎世的庇护

公元前，罗马皇帝，在林登荷夫山丘
设置关卡，命名"Turicum"，向往来者收税。
我从东方来，身无分文，读不懂墓志铭，无需缴纳。
斑霍夫大街光影班驳，金灿灿的银行里
也没有一枚属于我的金币，或者帐号，
身上背负的惟有遥远的祖先的债。
沿利马特河谷一路行来，森林般举起枯枝的手，
我来了，不是不同政见者，
那么多教堂、修女院、菩提园和旅馆，有哪一间屋檐
能庇护岁月的流逝平静下来，
并把我的生命切成两段，前一段在东，
后一段在苏黎世湖边，惬意喂养洁白的天鹅。
如果，不！现在，我就做一只人间的白鹅好了，
游弋在碎银般的千百游艇边。
蓝色湖面上白帆点点，没人看清我的面孔，
我也无法仰望太阳和伟岸钟楼，
更不用理解。蓝天与绿草交映的
图景与资本曲线相互绞杀，
一个前上市公司高管，对货币没什么概念，
只关心中午的面包、湖边的美女婀娜生姿，
比广告画上的女人性感动人且真实。
仅存的诗意因乳房而再次萌动，高潮来临。

"我将不再为我的灵魂找到休息"。

一个晌午，大街西装革履，在傲慢的柜员机掩护下，

列宁登上"封闭列车"回到风暴中央，

曾经"达达主义"诗人，怀揣一把瑞士军刀，

必须回到远方，不再喝免费葡萄酒，

我跺脚跳高，抖掉身上烟灰、胭脂，

灵魂之粪、感情之尘、爱情之沙，

冥想——坐在东方的山谷，麻阳河边，

看水车转动河流，直到橘花开遍天涯。

2010.10.4 瑞士 苏黎世

2011.3.27 深圳

再来苏黎世

再次来，班霍夫街正开膛剖肚，
正如我的女人，在时间逗号上又诞生一个婴儿。
蓝色苏黎世湖水照旧一把抹平。
无数次怀念的白天鹅还在游弋吗？
她与阿尔卑斯山的关系至今纠缠不清。
此次我仍未能上到乌特立山顶，
看白云留下的往事、金钱、美人和精液，
一见钟情的后果往往比婚姻严重。
利马特河两岸，中世纪的风告诉水面的倒影
心底微澜比岸上的鲜花惊艳。
温带海洋性气候渐渐平息身体的暴戾，
"百万富翁"在这里隐于古堡、喷泉，
"帝国主义是资本主义发展的最高阶段"，
此论断已挂于格罗斯大教堂双塔尖。
我是脑袋内藏有爆炸物的雪人，被架在被点燃的
十几米高柴堆上，距爆炸时间进入倒数，秒计。
其实第一声已敲响，春天早已来临，
迫不及待的夏把我晾在进退两难的桥上。
因为流放浮灯的日子还需等待，
雪花落在下一站，再下一站。

2014.6.4 瑞士 苏黎世

卢塞恩的狮子

一个灯塔，卢塞恩，于罗伊斯河与四州湖汇合处
点燃高原的夜。一只濒死的狮子在秋风寒露中等我哭泣。
鹅卵石铺砌的广场喷涌文艺复兴建筑，
人字形小屋鲜艳色彩下，一艘蒸汽船
勇猛地驶向威捷士山。勇士滑雪，扛枪佩剑，
闲散之人坐上齿轨火车，攀缘速度比任何一块瑞士表缓慢。
小教堂旁的卡贝尔古桥，悠久得没有兴趣浏览，
只因那头狮子在细雨中呼喊。
没有伞，按照镜片的湿度，穿过水声
深入曾伯赫，旧时古战场，当今自然保护区，
万千鸟儿栖息，在复活节前后复活，
在席勒《威廉·退尔》剧作中利箭般射死施暴者。
什么时候，步瓦拉格后尘，迷恋于此，
就像抛弃荣誉，迷恋于田野、爱情。
迷恋是一味毒药，害得托尔斯泰、马克·吐温，
用刀割破贵族的血，反教反血统。
痛苦的狮子倒在地上，长矛折断插在肩头，
悲壮雇佣兵生涯死于金钱之下，
我不再哭泣，迷恋时光就像刀削的水果皮缓慢沉于湖底。

2010.10.4 瑞士 卢塞恩 GRAND EVROPE HOTEL

2011.3.27 深圳

证词

第二次永远不同于第一次，
即使天象一样。
有人倾慕你珠光宝气，满身名牌，
我却爱上你的优雅与从容 ——
内心那么多广场：五谷、美酒，多与农作有关，
只有一只鹿儿肆无忌惮奔跑在鹅卵石上。
那么多码头：宫廷、国家、耶稣，
一个比一个高大而庄严，
古董蒸汽船把灵魂带往瑞吉山的白雪，
或皮拉图斯山陡斜的齿轮登山列车。
一车厢尖叫把上流社会的矜持抖落。
小镇里的修道院还能统治山谷吗？
惊恐的羚羊顾不上英格堡奶酪，
只好徒步回到卡贝尔桥 ——爱情"花桥"。
我已不再关心英雄、军刀，
以及了望的水塔，哪怕曾是监狱和行刑室。
现在，湖水和雪山把旷日的美收纳。
我穿过琳琅满目的橱窗站在这里，
瓦格纳"众神的黄昏"兀自飘荡，
如同接踵而至的滂沱雨水。
来自"隆家堡"，并非"纽伦堡的诗人"
举起一把伞，握着爱人的手，

看见花，只看见花。如果雪山作证，
雨过天晴，我愿意买一块巧克力，
而非重复的昂贵的时间。

2014.6.4 瑞士 卢塞恩

铁托力士雪山

抛弃天使镇、梦幻小屋、绿茵草地与成群牛羊，

360度旋转，挺进冰川裂缝。

一个哑巴尝试说话，阿尔卑斯山，

ALPS（英语）、ALPEN（德语）、ALPES（法语）、

ALPI（意大利语）、ALPE（斯洛文尼亚语）。

铁托力士算什么？

皇冠？发髻？玉佩？腰带？无数比喻被雪藏。

我与山的距离不是近或者远，而是山在我怀中

我在山的怀中。一座并不高耸的山脉

隆起文明的高度，战争的宽度。

当然还有气候，一边是西海岸，一边是地中海，

一边春光，一边秋色，弓弧一样

散开隆河、莱茵河、波河、多瑙河，

注入北海、地中海、亚德里海、黑海，

生长山羊、山兔、雷鸟、小羚羊、土拨鼠。

如今，我能像哪种动物隐藏于雪下

冰洞之中，探入深150米温度 -1℃—1.5℃寒窖

不可预知的冰体需多少时间方可消融。

雪让眼睛暂时失明，历史也如此 ——

庄园解体，农奴解放，民族觉醒，文艺复兴，资本萌芽，

一次征战就是一次翻越。雪藏之下，

可以忽略过去，但不能无视现在。

我紧扣外套，保留体热和良心，我终要出去
踏雪寻芳，注定比山巍峨比峡谷深刻，
比时间走得更远。热爱大地的人将回到村庄，
重新放牧牛羊，雪藏的主犯与帮凶
雪水一样丢盔弃甲。

2010.10.5 瑞士 铁托力士山顶
2011.3.27 深圳

放逐天使镇

呼吸停滞，溪水溅动一谷野花，
黄绿色的草地毯一样泼开去，托起情人的裙。
蒲公英，芦苇草围拢正在生长的白色羊羔，
一季秋风将过去，冬天要来临，
中世纪的阳光依然绚烂。
我今天是罗马化的凯尔特人，
土地被"野蛮人"日耳曼部落的
勃艮第人、阿勒曼尼人、伦巴第人占据，
我索离群居，独自放牧，忘记语言，我明白
分歧不仅仅从羊肠小道开始。
沉默的日子，雪山绽放，
蒸汽机和铁路通过隧道打破平静。
我必须建造一所过冬的房子，背靠山毛榉、云杉、枞树，
面对溪流的方向，用白松树皮包起木舍外墙，
起伏的波纹洗涤屋檐下串串腊肉。
后院整齐堆好早晨的劈柴，
虽没有客人，窗台和牛栏仍需摆满花盆，
当陌生人叩门（当然不是强盗），
我们一起在粉红黛绿中铺上一张白桌子，
共进偶然的晚飨。我知道：民族的灵魂
就是屋前鹅卵石路与烟囱里上升的炊烟，
满山雾霭笼罩，不知东西。

这时候我非常快乐，不顾死活，就像扎进
雪峰里的橇，疾行或翻转；
或像松鼠，钻进森林，快活得要命，
忘了东方牧羊的苏武，流放的普希金。
自我放逐，就在阿尔卑斯山，天使镇，
摈弃了恶魔，放弃了高峰，就在这里悠转
一个下午，最好是人生的下午。

2010.10.5 瑞士 天使镇
2011.3.28 东莞

绕过图恩湖与布里恩湖

再次途经苏黎士、卢塞恩，
前往"不能擦肩而过"的茵特拉根，
古堡，湖光山色，葡萄酒，一路同饮，
朝向少女峰，阿尔卑斯山雪的诱惑。
我没有忘记那只垂死狮子的悲伤，
每次来都携带声势磅礴的雨水，
驻足三分钟，默哀，为勇士的刀与血。
也没逃离尘世，向望"花桥"的爱情，
她跨过的时间与太阳月亮没有差别。
就像绕过两个湖：图恩湖与布里恩湖，
来到两湖之心，终于看见梦中少女洁白的裙，
那么精细，却以"抹布"名之。
实事上所有的湖都是雪山的泪，
哪怕在她眼皮下，注视其朦胧的眼睫，
也无法透视比山高比湖深的天穹。
只有土豪们愿意住五星级酒店，
仓促的旅人愿宁做一只奶牛，
在草地与鲜花拥护的农庄安睡。
雨露比雾霾干净，早闭门扉的山地
是一首宁静的诗，也最适合读诗，
读雪川下一个小镇的黄昏与晨钟。
而我，更愿意做一个木匠，雕刻时光，

把长长旅途的幸福赠给献身少女的人。

2014.6.4 瑞士 茵特拉根 Interlaken Hotel

茵特拉根

如果我在中世纪出现，一定坐着马车来，
达达马蹄声惊飞报时的布谷鸟，
栖落在何维克街生动的石板上。
此时，雪仍在下，河流冰封仍未解除，
我下车踱过阿勒河桥，步入冰冷的教堂取暖，
拜拜上帝后，回到霍依玛特大庄园，
在长廊尽头与雪山再次打个招呼，
然后在宽阔的镜厅壁炉前喝一下午咖啡
（可能还有遥远的中国红茶），
直到夕阳西下，仆人送上晚餐。
而我成为雪山的仆人已逾千年，
就为等待雪橇送来夏日讯息。

如果我在二十世纪初出现，一定坐火车来，
手里拿着单程票，穿过一个又一个湖。
然后换乘两次车，逃离艾格峰黑暗隧道，
盘旋而上，在冰川上作短暂停留，
回想维多利亚时代最后的光芒如何照耀山岳，
催开轰轰烈烈的郁金香紫云英雏菊。
我可以在任何一站下车，隐入任何一个村落，
绿野仙踪，披头散发蹿入丛林。
从没想过回去，最大念想无非一张邮票，

把凿石而成的"窗景"寄给窗外世界。
而山顶大雪纷飞，鹰折断翅膀，
我在木屋里生起柴火，煮熟一生余粮。

而我现在才出现，坐着奔驰来，
在昔日修道院（今日草坪）望一山烟云，
雪山把空荡的心镀亮，我成为雪的背影。
迫不及待搭上升降机，立于斯芬克斯观景台，
我看见遥远的法国浮日山、德国黑森林 ——
来时的路寄存浮云、湖泊和爱情。
我只是一个过客，夏天爬山、冲浪、高尔夫，
冬日滑雪、溜冰、运动，一次次尖叫，
之后闪进科萨尔贝赌场，玩玩老虎机，
之后正襟危坐，听一曲雪山飘来的民谣，
"护照已翻起旧边"，我只能说声抱歉。
半梦半醒中回到二十世纪初和中世纪。

2014.6.5 瑞士 茵特拉根

在伯尔尼

站在阿勒河桥上，左手西，右手东，
西岸老，东岸新，碧水回环，
一个亘古未变的"相对论"摆在眼前。
伯尔尼，"熊出没的地方"，
我变成一只熊，穿着花衬衫、牛仔裤，
模仿一个诗人，从下游莱茵河上溯至此，
茂密森林把足迹覆盖。
很不幸成为贵族流氓围狩的猎物，
哪怕谨小慎微，屏住呼吸。
我能遁至何方？"相对"一个小机场，
一张邮票、两根铁轨通向更远的远方。
从火车站跑到熊苑，一路喋血——
中世纪几把大火把木屋烧秃，
石头承接红瓦白墙，以喷泉为中心舞蹈，
音乐编排各种传奇、童话和野史。
熊穿过带拱廊的走道，仰视久远的钟楼，
时间又拨回至出发的地点。
最大的钟依然看不见比秒还小的刻度。
拼尽全力跑到河边，河流弯曲似一把弓，
孤独之箭又一次射中脆弱心脏，
淌着玫瑰红的血爬上东坡，玫瑰园，
终于看见自己全貌，前生和来世。

河流义无反顾南去，熊将守着少女峰雪白的王冠
疗伤，能否设计一个公式改变世界，
那是可遇不可求的事情。
"笑在最后的人"无论如何比熊敏捷。
我能否抱着熊小声哭泣。

2014.6.5 瑞士 伯尔尼

洛桑漫步

漫步，一种竞技。披上阿尔卑斯山雪袍，
把日内瓦湖的蓝植入血管，我开始
走最长的路。当奥林匹克博物馆前的雕像：
跑步者、射击者、跳远者、跳高者……
在晴朗的亭午一个劲地流汗，我也不停擦拭。
从湖边奥奇踱至山腰旧城，
我在比较两种唾手可得的生活——
悠闲、现代、讲究生活品味，
怀旧、古老、散发历史内涵，
哪种气质或韵味更适合孤单漫步者。
是否需要步拜伦、狄更斯、伏尔泰后尘，
从下而上，找到最陡峭的山坡，
在一处葡萄架下上喝上一杯红酒，
然后回到层层叠叠彩屋里写作，思考。
我在想用那种语言：英语、德语、法语，
甚至用汉语或湘西苗话，
跟每一个擦肩而过的人问候。
我不会担心房子失火，身体走火，
夜半中古教堂守夜人的报时声会告知平安。
在洛桑，我就想这样漫步，比马拉松漫长，
不管早晨、黄昏、深夜，
一直走到湖水和天空消逝的地方，

无数游艇桅杆升起太阳、月亮、星辰。
我坐下来，在湖畔蓝布露天咖啡座，
用雪一样光亮的刀叉切开饱满的米饭，
春风或秋风吹来唐诗宋词。
那时，我相信，漫步取得胜利。

2014.6.5 瑞士 洛桑

慢船

想乘一艘慢船去依云小镇，从北往南，
从新月的背到腹，把天空渐渐拉圆。
"出奇的蓝色的湖"，"爱情的同义词"，
牵着爱人手，面朝雪山，
春风沉醉于远古的在罗纳冰川。
我不想把湖比喻一把弓，但心早已似箭，
射出的目光鲜花簇拥，翠绿欲滴。
我对自己说，慢下来，再慢下来，
绕湖一周十二个小时太快，何况直接横渡。
水波不扬的堰塞湖悬在高山上，心上，
终年不冻，丝毫不担心溃败的日子，
因为依湖而居，"有着沉思所需要的养料和空气"，
有着爱的一切柔情蜜意。
我想化作一滴水，融自头颅上的雪峰，
经过封闭的砂石过滤，慢慢渗透，
历时十五年，成为珠圆玉润的矿泉水。
我也想用篱笆把水围起来，打造 Cachat 花园，
不期待皇帝前来，只愿小儿在水中嬉戏，
爱人恢复最初的形体，比雪山美妙，
我强大的肾饱满，富有热力。
像所有手工灵巧的花匠一样，除了房子，
我将把朝暾、烟霞都打扮得花枝招展，

不再毫无意义地梦想远方、音乐，
最多涉足山北的牧场和葡萄园。
我想乘一艘慢船去依云小镇，
但找不到一艘慢船，驶过深蓝，清澈。
我的慢船在回湘西的路上。

2014.6.5 瑞士 洛桑

日内瓦的忏悔

"日内瓦不属于瑞士"，属于湖水、天空，
花钟的时间永远不会慢半拍，
就像喷泉的高度永远不会低半寸。
那种节奏的舞蹈对于阳光来说是忏悔，
那种未曾发现未曾被命名的思想叫卢梭。
我戴上耳机，独自迈上二楼，
移动播放一个似母亲似情人的旁白。
许多年前，在莱蒙湖边，有多少战斗打响？
反旧体制的避难所，和平的珠光宝气
映亮雪山之恨，狭窄扭曲的石街
通向山丘的童话，敞开乳房的窗户
飘动着中世纪的窗帘，或法语或英语的情话。
不能表白，那么多机构无法裁判
一个东方少数的面孔，高山流水哺育
共同的花园，一把断腿的椅子
稳稳地坐在旗帜猎猎飘扬的广场。
公约接管了城市，纪念碑解放了宗教，
没有信仰的人也没有多少欲望。
最小的欲望，喝一杯葡萄酒或啤酒，
甚至烈性的 MARC，然后醉熏熏地飘过大街，
来到火车站，登上一辆火车，
不管驶向哪里，都带上精美的花坛。

最大的欲望，在另一个人的梦中，
有几段罗曼趣事，有一个育婴堂
收留四处流浪的孤儿，成为大自然的孩子。
我终于看见"居住在城里的野蛮人"
脚踏自行车环湖游行，赤裸裸生活，
我蹲在格朗大街40号的大门外边一角，
做一个手艺人，修理着一块叫时间的表。

2014.6.5 瑞士 日内瓦 HOTEL KUTCHI

风车与郁金香

鹿特丹的信仰

两条大河（莱茵河与马斯河）汇合处的渔村
因一条小河而闻名，当她成长为城市，
便与遥远的东方牵手。
一切在沼泽地上建立，
除了建堤坝，挖运河，修铁路，连同四方，
更因自由、市场、保税区的网。
鹿特丹，德夫哈芬，从这里乘船到美国，
信仰比"欧洲之桅"高。那个派特·海恩，
西印度公司船队司令，曾俘虏西班牙"宝藏船"，
他站在广场指挥大海，那么宝藏藏在哪？
强盗的后代，用东方的亭和佛
讲述和平阳光，通往法庭的内河，
以及连接地中海与红海的苏伊士运河。
斜拉的伊拉斯谟桥，见证战争摧毁后的天际线，
优美，蔚蓝，但比不过鸽子与白鹅。
我找不到一片瓦砾，一个战争的子弹，
却在邮政总局、股票交易所跳动的指数上
看见超现代化和未来主义的幕墙。
于是特别想念"妈妈的味道"，梵高的马铃薯，
青豆熬成的爱尔登汤，有如一篇抒情诗。
即使狂喝乳酪，每年吃八公斤起司，
我的身高也不可能超越一百八十四公分。

那么信仰呢，比海平面低还是高？
低洼之国雄起的牧场牛羊自由地散步，
风车、郁金香沐浴宽容的风，
至于毒品、性交易、堕胎，则随便，
能够安乐死该多好。

2014.5.30 荷兰 鹿特丹

海牙审判

一场面旷日持久的审判仍未结束，
良心系于和平宫红木底座景泰蓝大花瓶上。
没有名分的首都，即使女王在此办公，
各国使节在此碰杯、辩论、调情。
海牙，西海岸北海的波涛洗净一切坏名声，
一只鹳鸟飞翔在干枯的运河上。
当中产者放弃城市执迷于郊区的风车，
所有外来者奔向席凡里根海岸，
宫殿式大饭店，一个上流交际场，
与和平宫十分钟之遥。英吉利海峡的风吹来，
木爪伴阳光绽放。谁还记得那场审判？
永恒的黑咖啡、啤酒与沙，
把"大西洋壁垒"忘却。没几个人来倾听，
女王的年度演说被巨大幽密的树林消音。
"黄金年代""海上马车夫"的船褪色，
在一望无际的"欧洲花园"，
我只想拥有一座房子、一头牛、一头猪，
当然还需一束花，献给亲密爱人。
顺便把美丽和判决书送到世界每个角落。

2014.5.31 荷兰 海牙

阿姆斯特丹的船

原木挖空成舟，冒险者顺流而下，
把严寒拒于堤坝之外，
那么多人工开凿或修整的运河和郁金香
比卡尔弗街新教的华服晃眼。
新兴资本催生起义，
升级为"八十年战争"，
当城市连接莱茵河和蔚蓝的北海，
"马铃薯暴乱"，之后，
我能出售股票吗？
六月，阿姆斯特丹的河流沸腾，
除了看风车，齿轮把沼泽地的芦苇铲平之外，
从"泪之塔"开始，看"骚乱"之后的博物馆，
海鸥翩飞，欺负水里觅食的鸭子。
而以旧教堂为中心南北延展的橱窗、裸体女郎，
金发碧眼扭动河流一样的浪荡子。
夜始终不来，
只能在河流的英语解说词中漂荡，
小桥，船屋，木鞋，海盗，
童话庇护遥远的异乡人、异教徒和受迫害者，
每一艘船在短暂的夜里都是"诺亚方舟"。
我自诩拥有钻石般发光的的心，
但最终选择了一家临河中餐馆，

喝法国红酒、喜力啤酒，

等待红灯亮起，醉意穿过皇家广场。

—— 我的船、祖国，在裸体之外。

2014.6.1 荷兰 阿姆斯特丹

当风车遍布原野

像一位骑士，经过滑铁卢之后，
来到赞丹村，进入风车推动的石磨内部，
那些齿轮与我的时间吻合。
想起唐吉诃德，却没有一丁点战斗的风，
长矛、甲胄早已藏进博物馆，
中世纪的荒唐仍在狭窄楼梯间上上下下。
我在二楼窗口站了几分钟，
许多人惊叹窗外的湖水与青草、郁金香，
我则沉思复杂而精巧的细节，
以及青草之外蓝天之下的沼泽往事。
这算逆时代车轮吗？不，与水抗争，
即使屡屡碰壁、事事失败、头破血流。
只要一望无际的平原牛羊成群，
金发女孩骑自行车就能把目光带至天边。
"上帝创造了人类，荷兰风车创造了陆地"。
那些碧水荡漾的渠沟保留大陆的呼吸，
长满大海的浪花 —— 原本的南海早已更名为
艾塞湖，珍珠项链般环绕的渔村
结成一个圈，继续打捞"北海黄金"。
由此想起奶酪、青花瓷，
小船一样缤纷的木鞋，我穿上它，
听见两种不同的脚步声。

当风车遍布原野，我的大陆究竟在何处？

2014.6.1 荷兰 赞丹村

滑铁卢

除了青草，还是青草，间或一些野花
把失败的鲜血和枪炮俘获，复活。
一座人造山，女人用背篓背土垒成，
并以铁狮的名义命名成峰。
226级台阶，足够的高度俯视平原，
甚至地球，"狮"视眈眈盯着法兰西，
盯着英雄辉煌与不堪的前世今生。
"在过去的时代，在现在的时代，
在任何时代，最伟大的将军"——拿破仑
被一场突然而至的大雨击败，田野变泥沼，
大炮停滞，信鸽衔捷报飞进白金汉宫，
罗斯柴尔德家族走进"凯旋门"。
退位、流放、大西洋孤岛因砒霜闻名，
然倒下比站立崇高，胜利者无迹可寻。
滑铁卢成为"失败"代名词，我想起东方
五千年前中原上的"涿鹿之战"和蚩尤，
最终，青草和邓林湮没一切。
失败者的子孙逃离"戴高乐"机场，第一站
选择于此，兴奋地爬上去，黯然地走下来，
"在开始是词语，在开始是密码"，
天高、云淡、草青，模拟的战争
比午餐上的一块面包、牛排真实可靠。

"一场一流战争，得胜者却是二流将军"，
"人类良心"雨果当年是否在这几棵老树下
停留，构思《悲惨世界》的"温暖"？
现在，腿部开始发胀疼痛，
我张开每一个毛孔迎接季节的冷风，
一只乌鸦掠过麦地对着铁狮叫了三声：
"爱情、战争，和一个悠长沉重的警告"。

2014.5.30 比利时 滑铁卢

布鲁塞尔

从一片绿色肺叶进入，森纳河
把温带海洋性气候导入亚热带心脏。
不同语境，布鲁塞尔有着不同的外延：
法语：Bruxelles；荷兰语：Brussel；
我只知道一千五百年前的要塞和码头，
"沼泽上的家"，从来没有安定过。
就像语言从来没有独立过一样。
因此我对"上城"了无兴趣，那些王宫、国家宫，
喋喋不休讲述与平原、阳光无关的议题。
对银行、保险公司、工商巨头也意兴阑珊。
我倒愿意去"下城"走走，买点廉价纪念品，
证明这个"欧洲最美丽的城市"与
又一个黑发人的又一次"吉利"邂逅。
或在旧街角寻找雨果、拜伦和莫扎特的诗与音符。
或在"世界上最美丽广场"徘徊，
从哥特式、巴洛克式、路易十四式建筑缝隙
找到它们与船夫、裁缝、粉刷匠的关系。
然而，小儿于连一泡尿熄灭战火，
马克思、恩格斯的天鹅咖啡馆小门紧闭，
没有思考的头颅在广场上东张西望。
欧洲议会也放假了，战争与和平
在巧克力和啤酒的阳光中若隐若现。

忘记了何时何地读过《共产党宣言》残本，
所以，现在，无所谓上下。

2014.5.30 比利时 布鲁塞尔

在摩纳哥

在摩纳哥，面向海的广场铁制椅子上，
我的一只手歇在女人的大腿之间，背对悬崖，
张望一面旗帜的高度。
阳光镀亮地毯，红白托起斗篷上的王冠。
公国、王国、共和国；合众国、联邦、邦联、联合王国，
我在碧海蓝天的荡漾中念念有词：
多大可为国，如果比一座教堂大即可，世界
可划为多少个国？如果一个粗壮的勇士用权力的手掌
覆盖巴掌大的土地也可建立，
那么一个民族是否有权立国，如犹太人之以色列，
已经建立，如巴勒斯坦，至今遥遥无期。
那些行将绝迹的民族或语言消亡的种类，
像吉利亚人、腓尼基人、迦太基人等等，
或许只能在咸湿的风中对望操场上挂起的旗帜。
一个国半小时走穿，历史却如街道般狭窄，
多弯，并时常上演F1一级方程式、拉力赛，
刺激的力量一点错误都不能有。
历史的拐角处，石竹粲然，
电台正用三十六种语言播送杂技节消息，杂技
正如一个国的演变，时常施展翻跟斗钻铁丝圈伎俩；
而蒙特卡洛雄居国之中央，赌博游戏
至今仍在国与国之间开盘。幸好有精美邮票，

通过图案和风传递爱与和平的信息。

现在，我起身穿过摩奈盖提区，赶往枫维叶区，

除了旅行者，只看见游艇、豪车、精品名店。

我在寻找一个国的脉络，物质之上的精神，

土地之上的机器、道德、仪式，而额头之上的汗水

始终无法固定痛苦的位置。回望来时路，

巨大的窗户伤口一样半开半合，

一个白天游历夜里梦回景物的人

唯一能做的是在灯光辉煌深处，变黑。

曾经满足于拥有和寻找，

渐渐忘记自己的名字、民族、国籍，

祖父的名字也只有在跪在墓碑前时才记起。

那时是清明，通常雨水洗刷我的国。

2010.10.9 摩纳哥

2011.5.9 深圳

赌徒

将领带扯掉，抛弃整齐的西装、广场、花圃，
一切修剪只为进入物质和夜晚内核。
水晶灯白天也高悬，一片日月，满铺红地毯，
颠倒一个赌徒的到来。Monte Carlo（蒙特卡洛），
可疑的社会给这里带来厄运吗？没有。
悬崖上的国早已把阳光驱赶至悬崖，
面向海的时候，每个人筹码不一样，
或金钱，或爱情，或民族、国家、宗教、信仰，
自信轮盘的世界属于下一张即将打出的牌，
二十一点牌、三人牌、"塔罗奇"牌，
赌物或大或小，宾馆的房间号码、早餐用的盘子、
盛牛奶的杯子、金发女郎的下体，
不确定的道路抵达不确定目的地，比如沙滩。
"白日既能赌博，通宵必醉尊罍"，
俱乐部里波光交错，歌剧院里喉咙高亢，
毫无意义的人生变成一艘阔气的游轮，
飘荡在没有自由的公海上，永不靠岸，
接驳的舢板纷纷串联漆黑柏油路、洁白马车。
我再次战栗，陌生的华灯高照的时间，
一个男人，也许站着，在一面镜子前，
游戏的袅娜烟雾涌进窗内，国王卧在
一个可能属于我的女人身上。

男人盔甲剥落，青葱的季节衰老，
美好嗓子撕破之后，听见可疑的
关于民族争论的声音，没有任何宣言。
一切精神最终在温泉浴场呈现，地中海浪漫
与东方智慧，轻松地运用在反射学、
物理疗法、运动疗法上。短暂时光如同
旅行，顾不上拿破仑纪念馆。

2010.10.10 摩纳哥

2011.5.20 深圳

租借列支敦士登

无论谁亲吻阿尔卑斯山的莱茵河谷，
日后都会忘记。列支敦士登，半小时抚摩，
我愿意躺下来睡觉，任意大利半岛吹来的南风
永久中立地飘拂在一块战争与和平冲积的平原上。
我愿意睁大瞳孔，谛听这因流逝了时间
而平静的河流。岁月是个暴君，统治了自由。
我不是任何一个正式宗教信仰者，
罗马天主教、新教、伊斯兰教、东正教、犹太教与己无关，
我只关心风景和城堡中的童话，把森林和雪山的伤口
掩藏。我从未计划长时间驻足，或安静下来
研究与己无关的历史、协议、政策。
但"国家出租方案"让河流再一次拐弯。我愿意
支付七万美元租借一晚，无须国家钥匙
和路牌、临时货币、蜡制个人徽号，也无须
盛大巡游表演，以领赏国王的滋味。
只要一块巴掌大土地盛放一个民族灵魂胎记、
太阳和月光，甚至只要一个人散步，
穿过街区，来到河边洗脚。
河水清粼，泡软长满茧皮的脚趾、
坚硬如石头的心脏，
为了不再迁徙，只能献身崇山峻岭，
把仇恨还原为美丽，繁衍一谷水稻，喂养子孙。

现在，我像所有教徒一样，
穿上假日整洁的衣裳，
前往教堂，在十字架的地方奉上一束花。
回到村庄后，和爱人、孩子、邻居唱起
古老民谣。一山绿树在灯火中金黄。
租借的国度终于窃去了我的呼吸，
找到歌声的出口。

2010.10.5 经列支敦士登往瑞士

2011.5.21 深圳

蓝色多瑙河

从肖邦开始

见到他之前，先见到低头沉默的斯大林，
被所有人忽略。阴雨寒冷的华沙
从肖邦开始，各色玫瑰奏起交响曲，
纪念公园长凳上空无一人。
他在圆形水泥水池后边侧头向右，
身后树林开始变黄，推开乌云，
秋的凌厉还不够，否则金色大厅将萧杀呈现。
一只鸽子降落在草坪间砂石小径上，
在天空呆了太久，大地的浪漫主义色调
旋转起民间歌舞，爱与恨。
《b调第一诙谐曲》从暴风雨开始，
我们能到哪里躲避雨水？
"生于华沙，灵魂属于波兰"，
圣十字教堂，雨水收留慌乱的人，
他的心脏让所有心脏听见"花丛中的大炮"。
在船歌摇篮曲幻想曲回旋曲变奏曲中，
他的祖国与雨声碎在教堂前青石板上。
我注视着雕像，但不询问天空，
一个人就是一个国家，
我偶然遇到这个国家的泪水，
但幸有音乐，在寒冻中温暖颤抖的鸽子。
现在我挽住她走进历史城堡，

街头铁架玻璃中的火，生如音符，
我决定在鲜花簇拥中坐下来喝一杯。
雨水能跟随我回到遥远东方？

2016.10.7 波兰 华沙

在华沙

相信爱情，相信波罗的海之上
维斯瓦河中的美人鱼，昂首挺胸，
但不相信其手中的盾牌与利剑。
在华沙、一个雨水灌注的下午，
克拉辛斯宫、瓦津基宫都比不上
圣约翰大教堂下的废墟，
比不上城堡上一声飞过的鸟叫。
古城复制重建，重新成为"遗产"，
但历史不是回旋循环的"yando"——
帽沿、交通环岛、草体字、重复选沓的音乐，
每一个广场都自成一体。
花岗岩石柱顶端的青铜人物，高过皇宫，
但摆脱不了走廊命运、十字路口彷徨。
就像马车走不进每一条街巷，以及
哥白尼的日心，居里夫人的钋和镭。
捡起荒草中一片瓦砾，红色城堡
提醒每一把雨伞，不要为悲伤垂泪，
不要做仪式哀悼者。
要相信新的城市天际线带来的风
让每一片树叶从绿变黄、变红、变金，
然后垂落于大地。
要相信羽毛、诗比奥斯维辛集中营沉重，

森林进入城市，河流带走霉运，
小麦玉米地埋葬坦克的呼啸。
现在，一家"kawiaynia u . prusa"书店，
辛波斯卡、米沃什抓住我，
牛草伏特加(zubrowka)抓住骨头，
眼前一片金黄、芬芳，
得以看见草原上的阳光与牛，
比亚沃维耶斯基森林中的草叶。
哦，还有头顶的山楂树，结满果实。

2016.10.7 波兰 华沙

从华沙到柏林

从华沙到柏林，与坦克行进的方向
相反，阴沉乌云"积极的不自由"，
我不能确信自己"生活在真实中"。
收割后的平原，麦当劳与肯德基广告牌，
"反政治的政治"，绿草从地下长出野花，
缩着脖子的人沉默着立在草桶边，
看着雨水一场接一场来。
雨伞已没有什么意义。
宽阔的大地，一座监狱，一片海，
松鼠偶尔在松林白桦林间打破沉默。
鱼浮出水面，吐着嘴里的泡沫。
"萨米亚特"的诗被机器搅拌，
今天美好比明天美好更重要。
太阳什么时候出来，
照耀这唯一的狭窄高速路？
我不能在深秋"功能性虚构"温暖，
冬天很快来临，即使临时路过
也要在十字路口辨识东西、
过去与未来，以及罗马与拜占庭。
"没有希望的希望所在"，长距离转移，
国家、民族都在一杯热牛奶或一首诗中驱寒。
昨晚欢爱后，第二次狂喜即幻灭，

道路能给于我们什么奇迹？

语言？不！语言带来战争压迫叛乱，

只有瞌睡、沉默，"伟大的无意义"。

一支坚挺的玫瑰在雨水的街角无声呐喊，

大地平坦得被切去了乳房，

甚至没有一块遮羞布。

欢欣的悲观主义者看见了河流，

被刨开的褐色土地上乌鸦盘旋。

2016.10.8 波兰华沙—德国柏林

卡罗维发利的波希米亚阳光

这湿漉漉的十月，幸福的旅程如同爱，
被雨水断断续续折腾，筋疲力尽，
我的爱人，太阳，躲在房子里不愿出来。
天空昏暗，群山蒸汽腾腾，
一条白雾腰带般缠绕针叶林和落叶林。
当我们来到波希米亚高地，
俯瞰黛青色屋顶，白或黄的墙，
波希米亚阳光终于打在了她的胸脯上，
敞开的尺度差点透不过气来。
我们看见一对野鸭在奥赫热河上游弋，
无拘无束，如同传说中吉普赛人。
我从芙蓉镇来，卡罗维发利，初看就像故乡，
以电影慢镜头热烈地讲述昨日情爱，
而弱水三千，今天不过来取其一瓢温泉，
不，用红色小瓷杯喝一口，
治疗肠胃紊乱与时光的新陈代谢。
但几十个泉眼，温度不一，选择哪一个？
突然想起被国王射伤的小鹿曾跑到这里，
跳入一眼泉水后，一缕白烟冒出，
小鹿伤口愈合，消失于丛林，
那就选择温度最高那个：72度，足以驱寒，
并源源不绝引来热力、阳光。

现在，我像一个名流牵着小鹿的手，

为每一口汩汩的泉眼命名：

彼得大帝、普希金、哥德、席勒、果戈里，

或配上音乐：贝多芬、肖邦、沃夏克，

假装思考一下《资本论》中几个章节，

欣然与仰坐的好兵帅克合影，哈哈大笑。

小城东西长南北短，十字架般挂在胸前，

于正中的教堂看见郁金香、紫玉兰，

金色迎春紫色海棠，凌空倾斜抢镜，

温泉冲上天，雾气洒在脸上，潮红。

我们沿着街道上菩提树的旨意来到

"GRANDHOTEL PUPP"，进入波西米亚核心

—— 明年将会展播那一幕？

是你将咖啡端上阳台给我摆拍的远山，

还是我斜卧在桥上两手招呼的野鸭？

今晚必须痛饮"第十三泉"，在笔记本上写下：

爱风雨的日子如同爱阳光明媚的日子，

爱森林、河流、温泉、野鸭和你，

这些就是远景、全景、中景、近景和特写，

我们的电影，幸福的全部。十月。

2016.10.10 捷克 卡罗维发利

注：卡罗维发利电影节，从1950年开始，捷克每两年举办一次，中国影片《芙蓉镇》在1988年第26届电影节上获"水晶玻璃地球仪奖"。

布拉格之秋

他强烈地赞美阳光，一个金色的城，
"它的荣耀能达到天上的繁星"。
他在伏尔塔瓦河右岸，居高临下的城堡
俯瞰左岸一千座塔，喜悦从对岸传来，
每件事物都踏着绚丽夺目的韵律，
如同泉水，如同语言，
介于柏林与维也纳德语两个首都中间，
开口说自己的话 —— 捷克语；
如同红瓦屋顶上变化丰富的云，
黄墙转换的巴洛克和哥特式立面。
只要怀着城堡的内心，拾阶而下，
卖唱者歌声与卖热狗姑娘就同样漂亮，
经过查理大石桥，解不开的锁，之后，
从哪条青石板路都可以进入十三世纪童话 ——
圣维特教堂、布拉格宫、民族剧院，
在阳光看来都是流动的盛宴。
他愿意闲坐在旧城广场一角，咖啡馆，
看夕阳擦亮金色天文钟，
耶稣十二门徒木偶轮流出来报时，
死神牵动铜铃，时间以雄鸡鸣叫结束。
但历史不会以公元的日子、时分秒结束，
从多元的神圣罗马帝国兼波西米亚王国

到冷战单一、街头抗议，

人民欢呼布拉格之春、天鹅绒革命，

他却钟爱这最后的秋的缤纷——

红色枫树、青铜色橡树，明黄杨树，

涂抹在时间的停顿和伤口处。

即使天色暗淡下来，也可以找到街灯的黄

古老煤气灯的门，里面住着哲人，

摊开的书籍上，火在燃烧，

墙角，木材，为冬天堆积发出褐色的光。

他不会说话，也没有恐惧，径直往小巷走，

满怀欢喜，心里装着水晶和女巫造型木偶，

想着那幅倒霉相，实在滑稽。

他给马车让路，清脆的得得声把巷子带尽，

于是随便滑进一家酒馆，嘈杂音乐中

捷克百威，清脆的玻璃杯碰撞声撞开黎明。

阳光又照亮一百个教堂与广场，

他不愿加入到生者的合唱，

回到查理大桥，再次张望布拉格城堡。

他摸了摸第八尊、圣约翰雕像底座上的浮雕，

许了个心愿。河水哗啦啦流淌，

一只水鸟逆流而上。

2016.10.10 捷克 布拉格

夜游，或悖谬之城

我在伏尔塔瓦河的夜色中游船，
灯光比阳光大为逊色，
德国啤酒散发着捷克、犹太的格调，
风，神秘刺激，一吹数百年。
在布拉格，除了赞美，更应质疑，
了解"自我"、精神、身份、环境。
就像这艘船，飘在河流上，
画了一个圈，又回到了起点。
我在岸上漫步，审视河流两边的通话，
来自哪里？"我是一个世界主义者"，
从波西米亚高地来，白天目睹了辉煌塔尖，
城市外表上自由、低调朴素的生活。

但精神来自不自由、失败、耻辱 ——
从来宁愿谈判，甚至投降，不愿反抗，
即使一百个塔尖，也是改变信仰的结果。
一切小而狭窄，没有凯旋门、纪念碑，
没有象征性城市中心，不要说
城堡、老城广场与温瑟斯拉斯广城，
只有贯穿东西的查理石桥似可象征 ——
欧洲的两半一直在此探索对方，
同一条文化的两条支流代表不同传统、部落，季节性洪水偶尔伤害，但很快修复。
隐忍、不事张扬的性格，包括语言
充满着方言，从来没有豪言壮语。
人影承受着命运和历史的负担，
让微不足道的东西神秘地保存下来，
活在石头和流水中。

布拉格，自我审判的悖谬之城，
到处是教堂，却只有少数人信基督，
城堡也如此，一时为总统府，一时为监狱。
生活，用幽默和消极抵抗暴力的"帅克式"，
或对自己的荒诞满不在乎的"卡夫卡式"，
都不过是城堡和广场的变形记。
因此我得以早早看见空荡荡小巷、露天舞台，
夜总会、小商店、小酒馆、小咖啡馆，
以及学生俱乐部、文学沙龙，当然还有妓院，
这些都在预感的灾祸来临前完美绽放。
而这个时候，月亮出来，我倾向于去市集，
或去广场，看朴素的舞蹈，
再喝一大杯皮耳森啤酒，
用玩笑代替刀，切开烤猪肉，"那就是我"。

2016.10.10 捷克 布拉格

黄金巷

深夜一场暴雨，早晨的屋檐重复着他的泪，
那些已经变黄的树木深刻地走向褐红。
他决定去黄金巷寻找黄金或炼金术，
可在圣乔治教堂与玩具博物馆之间盘桓很久，
找不到入口，一个拥有行刑机器和
古怪执行者的荒芜山谷被五颜六色小屋打破，
有序的赤橙黄绿青蓝紫涂抹在门脸上。
他现在觉得小巷道就是一个深谷底，
自己头朝下，丧失看待事物的开阔视野，
于是一间一间寻找——16号，木制玩具；
19号，外有花木扶疏的花园；
20号，锡制布拉格小士兵；
21号，手绘衣服；
22号，书店！卡夫卡作品集，
他应该就在这里发出第一声哭喊。
他行为端正、学习散漫，
无动于衷履行职责，不情愿地晋升，
他一百次准备跟费丽丝·鲍尔结婚，
或者跟密莲娜·雅申斯卡约会，
列出赞成和反对理由，每一步都做好准备，
可是，事情总是一开始就失败。
不眠症、偏头痛、忧郁症，

他的肺终于病了，转移到精神内核，
一百座教堂不能安慰他，语言也不能，
他把世界关在门窗之外，
直接从儿童变成白发老翁，
但始终孩子气，在大人世界不谙世事。
幽暗内省让生活充满敌意、焦虑，
哪怕在奥地利和波西米亚温泉漫游。
他在最动荡的时期平开始写作，
"德国向俄国宣战 —— 下午游泳"，
把无关紧要的个人细节与大事件联系起来，
变成一个格言，寓言、谜语。
给父亲的一百页的信始终没有寄出，
当棺木放入墓穴，最后的女友 —— 朵拉
拼命往坟墓里跳，证明她的衬衫并非勾引。
他决定不再去墓地，就呆在黄金巷，
撑起伞，看流水一样的人的脚印
消失于雨水中。
寒鸦，哦！穴鸟，从城堡上飞来，
绕圣乔治教堂三圈，然后落在烟囱上。
而烟囱很多年没有升起烟，变得陌生，
他不确定下次还回来。

2016.10.11 捷克 布拉格

克鲁姆洛夫

很久以来，我想建立一个王国，小小共和国，
但一直找不到可靠的模版，
满世界寻找，越走越绝望。
南波西米亚、克鲁姆洛夫，让念头重燃。
但试图描述她的美是冒险的行为，
S 形伏尔塔瓦河，如亮晶晶的蛇系在颈项上，
城堡，彩绘的头颅，鼻梁，最高的教堂，
满脑袋里记载着民族灿烂往事，
黄金马车，时刻展现熊的力量和铁链，
胜利的旗帜插在发髻上。
她的胸部即广场，乳房即教堂，
洛可可白色内衣在阳光下保持神秘，
五百年的橙红哥特式华贵裙子
被风吹起时，镶嵌的水晶、琥珀叮当作响。
如果市政厅是心脏，石板街就是血管，
日以夜继运送着祝福、童话和美酒。
脚下绿茵和即将收割的麦田
打开酿酒坊，彩排节目，预祝丰收。
我站在石头斑驳间有杂草的中世纪城墙边，
几对恋人从城堡石拱门桥上走来，
提着婚纱，占据了风景最佳位置——
河流射出的石桥，箭一般射中我，

我朝着她温柔性感的胸脯喘息，
即使再靠近，也不能接吻。
我要大声说出爱的宣言和真相：
我意回到雷公山或西晃山，与帝国隔绝，
最好被遗忘，这样永不会有强暴。
王国再小，哪怕只有96幢房子也是王国，
但共和的极限不超过14100人，
这样每个人每座房子都可佩戴"五瓣玫瑰"，
都可在路上唱"波西米亚人"（蝴蝶妈妈），
每隔十五分钟听教堂钟声（鼓声），
每一年看一次巴洛克时期歌剧（傩舞），
复兴伟大的民族、文艺、荣光。
乌云袭来，风吹来寒颤，赶紧离开，
直到转上另一条路，一片白雾
抱着我和山坡，一条毒蛇在松林里吐出红蛇，
才发现自己没有枪与子弹，只有诗。
自杀。漫山遍野的枫树红了。

2016.10.11 捷克 克鲁姆洛夫

布拉提斯拉发

我无意停留的夜晚，布拉提斯拉发，
边境上的首都，多瑙河秋波闪烁，
光镀亮山头上曾经废弃的布拉第斯城堡，
但仍未光临新生的古老国度。
一团乌云洒落几滴泪水后，剧院前小广场
找不到可以拍摄的角度，除了不知名雕塑，
警察在星条旗下使馆门口警觉
一群灰色的鸽子，优雅飞翔。
粉红色市政厅没有什么事可做，
克里门高华广场，漫步一圈只需五分钟，
能去哪里？"长城饭店"咫尺之外，
街巷中的人民距离也很近，
拱形石门下一个金色圆朝东方标准 ——
"BEIJING 7433KM"，并不遥远，
与记忆的共同暗影部分重叠。
你有很多名字，我却记不住一个 ——
"普莱斯堡""波左尼""istropolis"，
对应不同语言、统治和历史。
被忽略的道路其实一直就在脚下，
不管城堡开不开门。
拍照时，两个少年突然在身后拍我肩膀，
胜利、微笑、合影，不管什么人，

国土再小也是祖国，
国家再大没有一就永远小于一，
小于烛光，甚至一滴雨水。

2016.10.12 斯洛伐克 布拉提斯拉发

在蓝色多瑙河上

是河流塑造躯体，还是躯体塑造河流，
或者躯体即河流？天还没亮，
"多瑙河"便开始流淌，其实在此之前
我们已在其支流上四国（共六国）听见小序曲，
干流上五国（共十国）看见小圆舞曲，
五段，三拍子节奏贯穿，已聆听两段。
但今天，小约翰·施特劳斯的第314号作品
将成为唯一的旋律。

都说蓝色是天空，是多瑙河的颜色，
但"空气在颤抖，暴风雨就要来了"。
灰暗的河流边，黑色土地上生长
褐黄嫩黄金黄翠绿的小麦、玉米和青草，
两岸排列的城堡、要塞构成帝国疆界，
水上的船不再匆忙运送着谷物、葡萄酒
瓷器、蜡烛与混血的姑娘。

在离家万里的地方，埃斯泰尔戈姆大教堂，
教皇曾经莅临，我们躲避风雨祈祷阳光，
阿尔巴德时代城堡遗址悬空探向河流，
橙红的野山楂让人想起故乡——
沅水及其支流、苗寨、边墙、碉堡。

当我们登上维谢格拉德镇上的高山，
多瑙河在此拐了个小弯，太阳终于冲出云团，
强光，如同性爱，照亮人与河流的本质——
蓝，以文学的方式进入中东欧血液。
圣安德烈，五百米长小镇，一千年历史，
中国人给取了个"山丹丹"别称，
我四处溜达，倾听乞丐、农夫和国王，
她却拒绝所有漩涡，看见匠人、公主与雪糕。

河流的简史就是爱与诗的简史。
尾声较长，连续演奏而成，
部分再现前面重要的主题——生死爱恨。
她用世界上最多的语言命名同一条河流，
不再区分上中下游，命定最后注入"黑海"。
肥沃三角洲，潮湿的地方，"鸟的天堂"，
欧、亚、非，五条道路上候鸟飞来，
被间歇的炮声驱赶，无以为家。

但今晚，我们必将住进一间有红顶的房子，
我搂着她的腰，河流的中部，
头埋进波涛——她的乳房间，
节奏明快，富于弹性，
如同"新婚之夜"，
我将成为她的战利品，
而我还想着明天如何上战场。

我们带回一本木制的书，
封面刻上了时间和儿子的名字。

2016.10.13 匈牙利 圣安德烈

布达佩斯的音调

如果我被要求去创造一种音乐，
我将用水做材料，用五声音阶叙事。
现在，多瑙河波光继续，夜色，恍如巴黎。
而左边是布达，老情人，右边是佩斯，新欢，
我用绿色的链子，桥，联接她们，
锁住胸前波涛，抑或下身澎湃激情。
活在断层，温泉就是温柔乡。
我不愿去烟草街，或河边，看那些鞋子，
枪声会在花布包裹头发的女子背后会响起，
宁愿黎明早起，一个人去大屠杀纪念中心，
古老犹太教堂，蜡烛升起新的光。
皇宫距加冕的马迦什教堂仅仅几步之遥，
在这个孤独的星球，我将为自己加冕，
但不会回到维也纳，就在布达佩斯，
哦！佩斯—布达，与渔人堡的渔人一起
看河流从这里进入大平原，开阔，饱满，
舒缓的章节因为鱼的跳跃金光闪闪。
偶尔会涉水而过，去圣伊士特万大教堂，
擦干衣裳，不怕再次被虔诚淋湿。
英雄广场、千年纪念碑，我举起东方的杯子
纪念部落最初的联盟，来到
这个资源贫乏，但冬暖夏凉地方，

必须兴建壮丽建筑，与水的蓝和谐，
必须进入森林，栎树山毛榉椴树馈赠我黄金，
我把黄金奉还给流水与天竺葵。
世界给予我的已很多，哪怕没有太阳。
灵魂永远比修辞重要，形式规不规整其次，
即使调式被多里亚、密克索吕底亚
或近代大调取代，那就加入吉普赛，
慢板忧伤、快板激昂，故事仍会在酒中传唱。
少数者的远征，就像不断增加的水，
最终，仍然，还在水中。

2016.10.14 匈牙利 布达佩斯

梦幻之城与岛梦

天堂鸟的语言

城市有语言在眼睛里，我有语言在心中。
因为我是哑巴。语言的高潮部分
是城市凸起物，十几栋摩天高楼谋杀
飞鸟轨迹，抬头可见的天际线
清晰如同湛蓝之上白云。三面环山一面临海，
开阔盆地移植养育224种语言，
丘陵之中定有苗的声音，虽然山之外沙漠横陈，
但阳光照亮一切，温和气候催开"天堂鸟"
飞翔。一条季节性河流，季节性讲述
黄金、商贸、金融、旅游、电影、航空、重金属音乐，
几个关键词中，只有"移民"波涛最汹涌，
凝固成天使核力。当然最大的力是"地震"，
一说出口，无边蔓延的独立低矮屋檐顿时倾斜，
魔鬼出没，暴乱的黑白歧视如影子随行，
吸纳灵魂的林立教派站成风中街边之树。
三百多座佛教寺庙延续东方香火，
我不知迈进哪一个门，只能在中国剧院外
反复练习"罗省"蹩脚的粤语。
不是改革派，亦非保守派、正统派，
心怀鬼胎的漫游者躲进1300万只甲壳虫之中，
围绕中心，转个几圈，往港口而去，
渴望通向语言的大海。可道路四通八达，

始终找不到语言出口，这个儿童和成人的乐园
不时发出惊险刺激尖叫，激起海盗船的美丽梦幻。
穿越"迪士尼""好莱坞"两个单词之后，
在挂满五光十色汉字的街区吞咽一只水饺，
对面的镜中，三个中国结，彤红渲染着春节的
温度，一声京腔响起，"恭喜发财"，
我终于在镜中洞见语言本质。
国家、城市、民族等事物因语言得以发亮。

2011.2.4 洛杉矶

乐园

这一次生命浅而薄，超出泥土、海洋，
以及玩具、图书、电子游戏、无限网络。
那些手表、装饰品、女装、箱包，
视而不见，宁愿看豪华酒店门口落红满地的花树，
不愿进入一个私生子的王国。
但米老鼠和唐老鸭的歌声，
威利汽船的浪波，白雪公主的眼泪，
曾无私剥夺女儿纯正美丽时光。容易被融化，
不可能受伤害，既然来此，无所畏惧。
我试图穿着虚拟如一件盔甲的阳光，
进入一个个有着鲜明主题的公园，
边疆世界、奇幻世界、明日世界、冒险世界，
纽奥良广场、美国大街，
温柔与强暴的烟雾无声地讲述，
撬动早已习惯于被说教的早晨、童年。
霹雳火车驶来，带着笑口常开的古飞，
时髦而世故的黛丝、爱冒险的美人鱼，等等，
无数精灵鱼贯而入，快乐梦幻时刻即将到来。
没有天堂，没有伊甸园，
不求任何优惠待遇，只求扮演一个角色，
进入拓荒者之城、未来王国，
与七个小矮人一起进入大人们的宫殿。

每一个故事都乐观丰满、尊重他人，与人共享，

没有大悲伤、大失落，一切温情默默。

现在，就我一个人，踏上优雅的老式马车巡游，

沿途与神情疲惫的木头人打招呼，

一个，两个，百个，千个，万个，世界沸腾了。

我看见浅薄的物质被时光抛离，海盗纷纷

上船，在丽日下大汗淋漓快活地喝酒，

一个深重受折磨的自我，却还活着，

人模人样，走过大街，

酒鬼般没有主题地道听途说，唾沫横飞。

2011.2.5 洛杉矶 迪士尼乐园

迪士尼爸爸

我已不愿耽搁于阳光游乐场。
收获在我们离去时，搭乘有轨电车，
删除手机中多余或重复的照片——
比如中央大街老式马车、古色古香店铺，
逆光或曝光过度的人像，
每个主题公园保留一两张即可。
欢乐太多，但睡美人的微笑带来瞌睡虫。
此时，邻座戴眼镜的美国老太太突然说：
"CHINA?"我惊愕半分钟，"YES"。
她靠近，把手机举在面前开始滑动：
照片场景与上午所见类似，但更美轮
美奂。"Shanghai Disney Resort"。
她指了指对面老头，"一辈子在这里工作，
退休了，每天仍然前来走走。"
她说儿子在上海迪士尼，子承父乐，
"Beautiful"，他们刚从上海回来。
"迪士尼爸爸"，这个词突然从口中冒出，
女儿靠着他合影，老太太目光温柔。
电车很快到站，但从一到六，花了六十年，
男女老少快乐的天地只因无限可能——
在雷鸣山激流中坐探险筏漂流而下，
在"童话城堡"地下探寻水晶泉，

在"宝藏湾"里投身史诗般海盗战争。
快乐是门经济学，性感的时间产生美，
我想起"庞德的命题"，商业的庞大"公园"
随阳光的波浪传递，甚至遗传。
我和儿子坐在一个红色碗中，红衣飘飘，
目送他们背影，一些鸣禽的歌唱洗涤风。

2016.8.3 洛杉矶 迪士尼乐园

梦幻好莱坞

一直在拒绝，却被拒绝诱惑。

HOLLYWOOD，远距离观察，几个字母

拼不出汉语的光芒。一个依山傍水的地方

首先被摄入镜头，随后被逃避者占据，

胶片从黑白到彩色，从平面到3D，从模拟到数字，

时间之长无法覆盖惊险、刺激、风流和笑话。

当华尔街纷纷插手，山、海、阳光

蒙太奇般闪耀风的时尚、奢侈、电影和娱乐，

一个梦想之城在饥饿中诞生。

如果可以，我也愿意寻找一个山海形胜，

种植冬青、胡椒、铺设道路，兴建

教堂、学校、图书馆，聚合四面八方的人，

但不做唐人街，也不弄中国戏院，

只是在一起看时光穿越现实，甚至超现实，

再一次盛开"玫瑰花蕾"，让景深镜头

将梦化为现实，或将现实化为梦。

封闭的世界水银流淌，我在天桥上

长时间打量，一个女演员从 D 字上坠崖自杀，

失败把裙子下的丁字裤剥落，

阳光漂白机器，差点弄瞎眼睛，

只有发射塔和十字架依旧坚硬且高耸。

没有信念的人贪婪流连橱窗，看见

洁白的大腿从棕榈阴影中晃来，
微笑着拒绝交谈。疲倦的风中
得以看见教父、乱世佳人、精神病患者，
以及愤怒的公牛、沉默的羔羊。

2011.2.11 洛杉矶 好莱坞

我搭上玛丽莲·梦露的肩

即使我尖叫，又有谁听见？
但没有，身披星光之后，好莱坞大道上，
我搭上玛丽莲·梦露的肩，仿如隔年的情人。
在妻子面前，理性的阳光阻挡乳房阴影。
肌理、毛孔、皱纹、筋脉、斑点、嘴唇
集雕塑、绘画、戏剧于一体，蒙太奇
闪入漫无目的的热烈旅行。
我没想到蜂蜡、植物蜡、动物蜡、矿物蜡，
以及刻模、倒模、脱模等复杂程序，
以及从三维到二维的转换，只想"立体摄影"，
配以布景、道具、音响，快速进入身体，
一次就行。170度的高温骤然冷却
古巴比仑的石油、古埃及的墓穴，
巫术盛行时代，没有人纪念帝王和伟人。
还一次愿尚可，但需以超写实主义，
用灯煤、铅白、银朱、铭橙、铭黄、群青、平普鲁士蓝
塑造内心的声音。我迟疑片刻，
声音回响在梦想与光荣、地狱与天堂间，
因为美或性，爱成为藩篱，
不敢大张旗鼓，直抒热烈的风。
愿以一千元交换吻，但买不起灵魂。
矫揉造作的语言堵塞城市，如同屁股冒烟的

来来往往车辆。一次艳遇足够，

不必进入盛大蜡像馆，历史光影剥落，

英雄们栩栩如生，激不起半点荷尔蒙。

自私、缺乏耐心和安全感、常犯错、难以控制的人，

一个飞吻权当亲近，或告别。

金发、红唇、飘逸的裙子、安眠药，

拒绝流行金巴利鲜红的色彩、微苦和甜味、鸡尾酒。

2011.2.11 洛杉矶 好莱坞

再访好莱坞

"见了棕榈树就算到了洛杉矶"。
我们十二岁女儿急切地要去好莱坞，
她却驶过日落大道，寻找比华利山庄旧梦，
陈旧大宅转手多次，大门依然簇新。
四岁的儿子数着门口或院中的车，
路虎、奔驰、宝马，仿佛他的玩具。
罗德尔街，棕榈笔直入云，树冠蓬松出太阳，
饱满果子，当年印第安人的日常食物，
垂视着美女、名牌，阳光成功的标配。
那匹青铜色的马前右脚抬起，
一个金色裸体女人躺在其前面，
尖尖的乳房让我迟疑，凝为光洁的雕塑。
女儿再次催促，2500枚"星星"
在18个街区的人行道上熠熠发亮。
两脚油门，一座大楼上巨大的"摩登女郎"，
嘴唇鲜红、睫毛修长，向我打招呼，
停下——两层白色小楼，LIBERTY 1770，
今晚的酒店，我将在她的乳房下安睡。
（能入眠吗？不会做梦吧？！）
女儿摊开酒店免费赠送的城市地图，
杜比剧院、明星大道、中国大戏院、蜡像馆，
五百米范围内聚集全人类星光，

有足够时间丈量白昼与黑夜。

好吧，现在就步行前往，在温和的风中，

各种"明星"、小丑出场，

蛇卷过脖子，嗜血僵尸的手伸向人群，

如同毒品贩子、乞丐、游民和妓女。

必须保护好钱包，小心触摸地上的星。

那个"梦露"，不再手掩风动的裙，跪在哪里，

露出洁白牙齿，招牌地大笑。

儿子把小手伸进她的乳房，

女儿用手托起好莱坞山上的"Hollywood"。

半夜里，他们都睡得笑出声来，

我却想着"摩登女郎"乳房，爬起来，上街，

买一瓶冰冻可乐。快乐的黑人兄弟

飙车，改装的轮胎突然直立或收缩，

倾斜着闯过三个街区红灯。来不及欢呼

天上的月亮和星星。

2016.8.1 洛杉矶 好莱坞

八月的环球影城

晕眩从一大早开始，五层停车场找不到出口。
八月的天空深蓝得绝望，巨大冷电扇
吹出雾水，在空中立即蒸发，
而人不会。必须挤成一团，按照绳的旨意
排队，排队，排队，排队，排队，
变形金刚、侏罗纪公园、哈利波特、史瑞克，
没有动感，只有缓慢的蠕动。
甲壳虫，与阳光对决，却永不终极战斗。
当你进入，五分钟360度3D历险后，
城堡舌头再次将你吐出。这是疯狂的季节——
想着还有"辛普森一家"，"神秘的金字塔"，
便会产生跳进"水世界"念头，但又如何，
总不能木乃伊般找阳光复仇。
之所以再来，只因女儿的电影梦，
让她见识一下造梦工厂、机器和虚拟布景，
至于一路上遭遇大地震、洪水、木桥坍塌、
大白鲨追尾、与金刚对峙，
这些熟悉的"意外"带来意外的尖叫。
顺便让擎天柱与小儿握手，
满足一下"小黄人"的小确幸。
继续排队，一个诗人加牛肉干贩子，
想着制造一个超级IP——"犇王家族"，

晕眩之后，虚脱得大汗淋漓。
而狂喜来自城堡尖屋顶的"雪"，
从下园区回到上园区，长长的扶手电梯，
有风吹来，口里含着冰淇淋，
眼睛里看到真实的绿色的远山。

2016.8.2 洛杉矶 环球影城

偷窥

比华利山，盆地边坡地，迎合太平洋波涛，
在船靠岸时打捞丢失的回声，
蔚蓝的彼岸是故乡啊。响午阳光
拉长林荫道阴凉。自称专业的人
频频勾画房子屋顶、外立面、大门、花园，
偷窥者，在门缝间寻找财富蛛丝马迹、好莱坞男女星光。
而惊慌的数字随熟悉的汉字挂在最新的小木板上，
美金：4,195,000
占地：13,120 平方尺（1219平方米）
房间：4 浴室：4 室内：3,695 平方英尺（343平方米）
建于：1922年，久远的时间，
梦幻之地，情人心跳与乳房颤抖和弦。
那条世界注目的 Fleur De Lys 街巷、$125M 奢华别墅，
被常青藤的翠绿阻挡在外。大兴土木已经过时，
别处的生活消耗在光阴尾巴上。
漂亮屋宇可以借鉴，临摹，复制，
但倾斜的天空难以用漂亮花园装饰。
扎入宽大游泳池，比溺于太平洋更可耻，
内部世界比外部世界喧闹。
那么，以拍照掩藏心虚好了，
带回一些细节，充实记忆的漏斗，
如有可能，回到乡村，光明正大地以摇滚拌民谣，

以小葱拌豆腐，建造月光、空气和水的房子，
火坑里柴火旺盛，酒醒的诗人埋头疾书，
鸡鸣，天亮，狗吠，陌生朋友光临。
没有偷窥的空间宽敞明亮，风可以自由地来回，
可能来自太平洋，也可能来自西伯利亚。
简朴的门敞开，吸收风雪、阳光。

2011.2.11 洛杉矶 比华利山

盖蒂中心看《鸢尾花》

—— 给草树

昨晚就约好在这里见面，盖蒂中心 ——
圣莫尼卡山脉，881英尺高山崖上，
有轨电车上升，推开405号州际高速公路，
停靠在必须预约的奇特建筑前。
浅褐色石灰岩斧劈刀削，凹凸起伏着地中海，
我在表面找到贝壳和海螺遗骸。
在其缝隙，拍打，听到父子的回响。
白色建筑、柱子，仿佛来自雅典卫城。
其实，每一个石门都是一个"取景框"：
这边加州西区山头，那边中心主体，
或者，这边，洛杉矶 CBD 天际线，
那边，大海，度假胜地 Santa Monica。

"我们已经到了"，你发来微信，
可定位显示你仍在山下，另一边，
那个石油巨头、美国首富 —— 盖蒂，
生前参考"帕比里"而建的别墅，
中庭长长水池，喷泉金线一样射向雕像，
百草园的蓝莲花有着太平洋余波。
吝啬的人花三分之二财富购买艺术品，

建造博物馆，只给儿子五百美金遗产。
但没有继承权的儿子继承痴迷，获得财产
即购这片向阳山坡。房子从山头自然生长出来，
父与子在五万件作品中统一永恒。

"赶快上来，这里有梵高的《鸢尾花》。"
宽阔的圆形中央花园，每种植物的设计灵感
都源于古老传统。我沿着人造溪流走向鹅卵石，
"声音的雕塑"想不出一个词形容，
就像小径引我至植物迷宫，
铁架上四百多株杜鹃花，没有一瓣相同。
幸好鹤望兰探出脑袋，让我找到自已。
在天台，仙人掌，"杂乱"的抽象作品——
树状代表中心高楼，球状代表附近居民区。
第二次来，我得以看见城市全部肉身。
"我在花园露台等你们。"

你终于上来，带着爱人、儿子和女儿，我也是。
中风痊愈后，身体跟语言一样明亮生动且神圣，
就像盖蒂中心修复着希腊罗马，也修复敦煌莫高窟。
我们在门口合影，约定下午好莱坞再会，
中午阳光格外亲切、热烈，
我再此次提及鸢尾花，鸢尾花、鸢尾花。

2016.8.1 洛杉矶 盖蒂中心

提案，在长滩

今日白色海鸥造访游轮，穿过
蓝色水平面觅食，栖落在未曾设防的
肩头，衔来一个提案不容拒绝：
回头是岸或者浪荡漂泊，归家或离去，
嘉年华或者失乐园。三个烟囱尚未呼吸，
舢板尚搭在宇宙与大地之间，
半刻之后，夜晚的起程将远离海岸线，
并以多种方式攻击赌徒防堤。
我没有犹豫，黑手党一样白衣飘飘，
登上船舷，大吃大喝，大声说话，甚至哼起小调，
对着长滩，对着堰内森林般白色桅杆，
以没人听懂的语言，重建规则和秩序。
东方面孔在西方的礼仪中败坏，
自由之歌是对民主的背叛——
漂洋过海的鞭影烟消云散，谁还顾得上
眼泪、学术自由、安全通道、会回头的子弹。
我向自己保证灵魂过几天会回来，
因为自己成就非常有限，要求十分简单：
一头扎进喧哗骚动的铁罐，
小试身手，看看运气，绝不做闷死的咸鱼，
要做快乐的无赖，随涛声做爱。
那时，海面上已没有海鸥，只有

轻薄的思想、轻浮的欢笑，和一脚踩不到底的空悬。
任何提案了无意义，水雾、白烟、后退的浪
构成世界全部内容。没有谁
想起前面的灯塔和岛。

2011.2.7 从美国洛杉矶长滩港登上嘉年华号游轮

卡特琳娜岛的梦

野牛出没的岛，黎明时闯入一头愤怒
公牛，嚎叫着冲刷新月海滩的沙，
那些跳跃的海豚久违地兴奋——
四百年来，第一次遭遇黄肤色海盗，
没有长长的枪管，惟有黑色眼睛
远距离打量牧场、丛林、高尔夫、独栋或联排
别墅。一个热衷于走私的岛屿，
集散阳光与海水、温柔与强暴、贪婪与梦想，
那些印第安人、西班牙人、墨西哥人、美国人，
后浪推前浪，间歇性作飞鱼船之旅，
泪水之咸滴伤顽固不化的礁石。
展览永不落幕陈列历史，镜框中的黑白
被喧哗涂染，一个总督的卡特琳娜岛
容纳反抗节拍，包裹潮汐、涨落，
适宜与情人枯守一隅仰望星空。
但那个嘴含口香糖的小子把计划破坏，
破败的房子飚升至百万美金，依山看海的梦
一千万也难以收购。囊中羞涩的过客，
爬山、骑马、浮潜、露营、钓鱼，
之后，回到外表奢华内心贫穷的船上，
丰富且廉价的美食把岛梦想沉于水底。
愤怒的公牛终于癫狂，

因为一见钟情。

2011.2.9 卡特琳娜岛

夜航

船长晚宴早点开席。这样可一本正经
盛装入场，挽起东方新娘，直视
西方硕大乳房。体面的刀叉在冷热盘之后，
品尝一生之红，终找到爱与恨罪与罚的平衡点，
不用翻译，甚至不用语言。
当船长华丽的致辞消退，领袖死去，航行继续。
蓝之外依然是蓝，白昼尽头依然是黑夜，
落在内部的倾盆大雨依然故我，
航线没有任何改变，没有⋯⋯

2011.2.10 嘉年华号游轮

恩塞纳达的蓝色裙

阳光杯盘浪迹照亮白色石头，
泥土砌成的房子鸟群般散落在坡地上。戈壁在山后
沉默，风暂时没有卷起尘土，因为船的到来。
旗帜高高挂起，与船头的旗帜对峙，
同一个半岛，一泡尿距离，地理地貌
与迎迓的墨西哥女郎一样迥然不同。
在深蓝的水域和天空背景下，
照例搂腰拍照付小费，另一个命运，另一番廉价青春，
如同耶路撒冷，生长养命的宗教、文化和热舞。
恩塞纳达，旅游册上光鲜亮丽，
灰土灰脸的日子被赋予辣椒般激情。
嗜辣如命的苗子在这里似曾相识，
包括925、928的银饰，永不言败放射光芒，
响亮又一次遥远的远征。只不过以前的
彩虹在山巅，现在却朦胧在水雾中，
那些从海岸洞穴中喷出的海水，
轰鸣声音滑过尖锐的耳廓、迟钝的葡萄庄园。
而我在酒的液体里漫步，工厂破败几近倒闭，
黯然回忆1888年的家族荣光，一杯即醉。
索性端坐门口，敞蓬奔驰中拉风的女子
呼啸而过，留下电线横七竖八，
捣入开始慌乱的世界。我想有没有一个纪念物，

表明曾经心动，曾经远涉重洋。
阳光、海水、空气中酒糟的香气不能带走，
银器和那些与民族太近的手工制品难以区隔。
时间搜查的脚步最终落在蓝色裙袂边，
波浪的花边一重又一重，顶起头颅上盛大的
红黄花朵，玛雅味道将虚狂的风吹倒，
想象中的女儿华贵而热烈。
没有讨价还价，一分钟塞进行囊，
预期中更热烈的狂欢发生在万里之外，
绝不担心风从西或东方来。

2011.2.10 墨西哥恩塞纳达

太平洋西岸

黄金

如果你还活着，旧金山不会使你厌倦；
如果你已经死了，旧金山会让你起死回生。

—— 威廉·萨洛扬（美国）

夕阳，黄金，港口暴涨的帆船，
1848年的光影从渔人码头折射出来。
逆光镜头中，维多利亚建筑群比波浪
更曲线，比游艇更溢彩流金。
你的起伏是直上蓝天直下碧海的街道，
STOP 引发的"地震"，九曲花街上盘旋的花。
淘金者当然喜欢"旧金山"，
如同狂热"嬉皮士"、同性恋、雅皮士，
即使现在冻成狗，夏天仍劲吹太平洋寒流。
很遗憾，自驾者斜坡上找不到位置停靠
中国胃，也找不到咖啡屋
听诗歌，用柠檬香草作调料，
用咖啡匙来度量阳光和阳光散尽的生活。
也无法跃上木制有轨缆车，造访
百年前老车票经过的绿色邮筒，
不死不活的人只能在雾中寻找"大螃蟹"，
纳帕谷和索诺玛谷的葡萄酒，今晚，
"由酒神全权负责"，犒劳飞机丢失的行李，颤栗中花二十美金添置的红色＋外套。
大家都说早上有雾，可现在，雾已漫上来，
进入城市核心的峡谷、教堂、银行，
遮住唐人街牌楼、石狮、"天下为公"。
那么，追随你内心的雾，如同月光，
不要躲避雾带来的水滴，
每一个在路上的人都能找到黄金。
也许，明天早晨的雾会更浩大，
一湾气流让金门大桥找不到北，
让疾飞的鸟落在参天大树上守候阳光。

2016.7.28 旧金山

旧金山蓝调

天终于亮了。就像倒闭的花店
加上停办的杂志，变成书店 ——"城市之光"。
"北滩（North Beach）的心脏地带"，
地下一层，"请坐，请阅读"，
费林盖蒂本告诉凯鲁亚克："猫去世了"。
来不及悲伤，必须找一个诗人喝酒，
这个"该死的想法"，
疯狂城市接纳疯狂的人，
因为疯狂口若悬河，因为疯狂能拯救自己。

天亮了。站在菲尔莫尔街3119号画廊前，
车水马龙，1955年10月7日晚上8点，
"六画廊朗诵会"，笨拙的声音开始高喊：
"我看见这一代最杰出的头脑毁于疯狂"。
艾伦·金斯堡，《嚎叫》，狂飙的"淫秽"
与三瓶大加仑装加州"勃根地"一起
对抗清醒未醉、官方意见，诅咒军事讨厌物质，
台下的人不断大喊：再来！再来！再来！
再来的是一场迟到的审判，
所幸的"无罪"宣告"鲁莽"气质独立。

天亮了。"垮掉的一代"流散四方 ——

饮酒、写字、打坐，挥霍时间，
绚烂西海岸留不下覆盖玫瑰的小屋。
盖瑞·斯奈德前往日本学佛，
艾伦·金斯堡则继续在纽约和巴黎左岸流浪，
"达摩流浪者"凯鲁亚克陷入漫长回忆：
"小屋门廊已经朽坏，向地面下斜，
一些藤蔓围绕其间，门廊里摆着一张摇椅，
每天早上，都会坐在那上面读《金刚经》。"

天亮了。而我已找不到院子里的西红柿，
以及薄荷与满院的薄荷气味，
也不能盘腿打坐于那棵漂亮老树下，
更不能在院子里修剪蓝莓，给豆角雏菊浇水，
饿了就从树上摘李子吃。
现在是七月末，骄阳似火，没有十月星辰，
只能化解《嚎叫》最后一句：
在我的梦中，我身上滴着雾的水珠，
在横跨太平洋的风中，噙着泪水，
朝你沐浴在西方夜色中的茅舍之门走来。

天亮了。伯克利诗道爵士乐拉长背影，
我的"中国胃口"有着"小狗的痛疼"，
只有东方天空才能"天使般抚慰着我的胃"。
绝不喝"杰克·凯鲁亚克"鸡尾酒，
也不吃熏鱼、咖喱鸡，我和诗人王顺健

在101公路边，川菜馆，平分一瓶酒。
诗人们从同一城市离开，
鸟般散落在不同树上，
当风吹过，总能听到城市的回声 ——
相见欢时，要把更多的倾听留给道路：
《在路上》《荒凉天使》《孤独旅者》，
温暖的蓝调总能给信念带来鼓励。

2016.7.29 旧金山 伯克利

硅谷

当你启程前往硅谷，
应该不假思索立刻上路，
沿101公路，从门罗公园、帕拉托
经山景城、桑尼维尔到圣克拉拉谷，
再经坎贝尔，直达圣何赛，
这条狭长地带让你和世界充满可能。
不用担心迷路，可用苹果手机 GOOGLE 地图
查询导航阳光下棕榈开辟的道路，
激赏湾区蓝色海面飞舞的白鸥；
你可想象硅胶隆起的乳房，
或硅集成的芯片、电阻、电容，
当硅和谷融合，风险就如咖啡加入进来。
真正的创客从优美之景看到死亡，
从死亡之谷看到绿洲，脑洞大开，人机大战，
天使翅膀与 ABCD 轮融资成为独角兽的角。
假如你只是一个情怀收集者，
尽管在玻璃建筑 LOGO 前拍照，
顺便研究下道路、建筑与阴影的关系。
如果你是一个诗人，或牛肉干贩子，
想怎样都行，但切记不要闯红灯，
尽量减慢车速，堵塞时会有新发现，
可别期待奇迹产生，最多在 FACEBOOK 上

发几张照片，配上蹩脚英文。
其实，当你骑过斯坦福大学的自行车，
看到时钟齿轮严密的机械内心，
就应明白时间比财富公平 ——
从硅谷到莫德斯托，一个半小时，
夕阳亲吻湖水，牡丹的映像，
恍若自己像个富翁回到了原点。

2016.7.29 硅谷 莫德斯托

优胜美地

我已经丧失了审美的能力、美妙的梦，
因为冲突。
大地震倾斜内华达山脉，
白雪笼罩的山顶的马赛河
悄然在山峦间切割出一条 V 形山谷，
冰川融化，岩屑阻塞，约塞米蒂湖收拢星辰，
小溪垂直落下悬崖，瀑布迷蒙阳光。
自然冲突产生美，人的冲突发现美。
因为黄金，新移民与米沃克、印第安人交火，
灰熊图腾的故事开始在山外被传说，
美丽镜头随默塞德河流淌，
被砍伐的巨杉林、肆意放牧的绵羊
被聚焦。一份报告上交国会，
即使南北战争，亚伯拉罕·林肯仍签署文件，
第一个现代意义上的国家公园诞生。
优胜美地，我违背道路方向绕道而来，
探入九英里长山谷，冲突接连发生 ——
譬如无法甩开脚，潜入默塞德河的三条支流，
无法伸展手掌触摸迎面飞来的石头，
"岗哨石"与"酋长石"，以花岗岩严肃
迎迓华氏107度的相约。
罪恶的马车通过的红杉树死了，

我在松间漫步，亲近松鼠、骡鹿、山猫，
想起它们的天敌黑熊，美洲狮，以及
天上的暗冠蓝鸦、灯草鹀、红尾鹰、游隼，
于是怀想夜晚的月亮、暖冬的雪，
一定有东方黄山的水墨神采。
干燥的植被皮肤一样希望有一场雨，
我像一个脱了精光的孩子，
黄色细沙让溪水更清澈、响尾蛇更安静。
这一刻，我在谷底，在桥上，
雪松垂钓阳光，斜阳将半月丘染红，
七月的快乐慢慢揭开新娘面纱瀑布，
有着行者隐居的秘密。
这一切只归沉默者所有。

2016.7.30 约塞米蒂国家公园

火风

对，这里是加州。

最高的山 —— 惠特尼峰，

最深的湖 —— 太浩湖，

还有一个低于海拔的死亡谷，

从冰河时代依次袭来。

不去火炉溪，海平面下六十五米的球场，

也不去圣海伦斯活火山口，

我有足够时间领略自然、科学、理智和结果。

那就从优胜美地出发，沿默塞德河

和沙漠边缘，以最快速度回到清凉世界。

卡西斯瓦利，54℃路面不允许太久停留，

沥青烫伤冒着热气的直肠。

当草为大地铺上金色地毯，

多肉植物孤零零站在山丘上，

太平洋的风吹到这里，便立即踩上火球，

把阳光擦亮的地方再滚烫一遍。

气候悬殊，人也一样，性格与气质，

在湾区工作的人很多选择在洛斯巴诺斯安家，

几倍价差增加几倍通勤时间，

火风更带来堵塞、事故和更多死亡。

吞噬一切，没有太多容忍。

现在，我站在山口，眺望山之外的山，

连绵起伏不绝，如同沙漠戈壁，

其实，只要一根火柴可以烧了这个世界。

碾磨的空气，一种信仰，热烈、自由，

烤热了面包，而干裂的嘴唇需要水。

那么，赶紧在汽车旅馆住下，

一头扎进二十米长泳池，

浮出水面时，看见棕榈高高高高的天空上，

九片绿叶，一片蓝。

2016.7.30 默塞德

乡村公路

向海而去，抛开大路走小路，
山脉和山脉间的中央谷地，多斯帕洛斯，
棉花、玉米，获得阳光垂青。
农庄修剪整齐的草坪等候候鸟的宴会。
举目金黄的山，俯视干净的河，由北向南，
或由南向北，汇合向西注入旧金山湾的雾。
对富庶的向往，抵得上一万个乡愁，
我想成为呼啸而过的长卡车上小西红柿，
鲜红的心跳随道路左拐右拐，
闪进葡萄园，变成酒的一份子。
我欣赏每一个门牌，里面宁静的院子，
和铁丝网边小木牌，标记国家野生的力量——
洛斯巴诺斯水禽管理区，湿地上密集的蒲草
高过人，此季的干枯筑起一道道草墙，
游弋着悠闲的黑色美洲骨顶鸡。
而不远处"圣路易斯"水面的野鸭子，
位于太平洋迁徙路线上，等候北极百万候鸟
飞来，带着雪雁、沙丘鹤的和声。
山谷喂养草原，草原喂养动物与人，
人与自然和谐就像云朵与水，
互不相关又紧密相连。那么请保持距离，
不要喂养野生动物，违法且违天理，

它们是自然的主人，不是宠物，

它们将在喂养中死去。

那么，圈一块大地，任它们自由生长。

直到我们快速回到城市，才想起路边

枯黄的草中坚硬的花，有着大地的面孔，

白鹭的湖水的眼睛巡视着永恒。

2016.7.31 默塞德—洛斯巴诺斯—圣路易斯水库—吉尔洛伊

蒙特罗湾区

黄沙披尽，诗与大海的经验性出场。
砂城之外，太平洋，风照常吹来雾，
渔人码头上白色游艇与帆船桅杆
秉持大海、开放、拒绝山头、保守。
就像远眺恶魔岛，你会看见碧海蓝天鲜花。

就像下到圆石滩高尔夫球场，
打一场一生从未改变的球——
8字型设计，果岭自然延伸海岸线，
球洞尽可能靠近林立怪石，
你从第一洞、高高的悬崖上开始，
右侧是大海，左侧是草地，
窥见一百年只改了一回的球场，第五洞
垂涎卡密尔湾太久，终如所愿。
你的成就定在第七洞，背对海天一色，
把球直接打向横无际涯的大平洋。

温度骤降到十五度，此刻的旅程如同衣裳。
你可以步行"十七英里"，一条小径
通向海边平缓沙滩、陡峭岩壁，
茵茵草地、葱郁森林，点缀八位数美金宅邸。
呵呵，你可以装扮成大富翁回家，

在鎏金大门前数点阳光落下的黄金叶子。
也可以径直去码头，花三十五美金买盆龙虾
或螃蟹，大快朵颐一个响午，波光粼粼。
阳光爬上膝盖，直到脑门闪烁金光，
风，用浪的臂力，持续不停地吹拂，
思绪，像海鸥围绕着半岛翻飞。

在世界上陆地与海洋的最佳连接处 ——
蒙特罗湾区，幸福如海豹，来去自由，
虽然一个洞比一个洞棘手，
但因"不合理"，不近人情，成就天堂。
如果是鸟，则未必如此，
古老松柏包裹的草地一不小心就变成沙。
所以诗兴在此，诗性在离去之后。

2016.7.31 蒙特罗湾区

卡梅尔小镇

七月最后一天，小雨落在她的眉上。
她不愿打伞，迈上卡梅尔小镇的斜坡，
海风吹来，有了温暖的寒冷。
她去过好莱坞，知道克林伊斯威特，
一个明星从银幕走下来，当市长，
将木门、格窗、尖顶平房的波西米亚风
泼洒至依山面海的所有视觉。
画廊连着画室，咖啡紧接酒吧，
海洋大道将雾汽扩散出去，艳丽鲜花
开在没有门牌号码的精巧小店前，
每一件艺术品，独一无二，
如同玛格丽特菊、初霜、冰莓。
然而，比建筑更奇特的一群人，顽固守旧地
占据小广场，与霓虹灯对峙，
与停车咪表对抗，一颗糖果就可甜蜜一天。
但童话一切都不复过去，容易迷路的
小镇，像一个超级花园商场，
兜售昂贵的名声和历史——
其再大，也比不上一个披萨、一盒炸薯条。
她想更多地成为她自己。
想去寻找张大千"可以居"，
如果可以的话，和他就喝一杯咖啡，

或一瓶 JEKEL 红酒。

我们用英语呼喊着"Carmel"沙滩，

然后急转弯，迅速地返回到1号公路上，

在车轮沙沙、松鼠沙沙的阳光中，

没有什么不可以。除了超速。

2016.7.31 卡梅尔小镇

1 号公路

其实早已行驶在1号公路上，
单数，由北向南，最西边，经典的线路，
右边太平洋，左边落基山。
诸多地图、旅行指南早已标记：何处停留，
看什么样的风景：海浪、沙滩、礁石、桥，
阳光、云和雾带来经典照片。
时间必须卡得恰如其分：早上从卡梅尔出发，
经大苏尔海岸，历时三小时，
到赫斯特城堡，参观二小时，
夜宿莫罗湾，看鲸鱼。
这些早已知悉，但我不想重复。
从蒙特雷开始，减速，在卡梅尔享用午餐，
然后，加速，别人停留，我们不停留。
一片令人迷醉的花地，阳光展开雾，
聚焦的背景，长长的白浪黄沙海岸线拖着峭壁
进入我们，仿佛一艘远航的船
经历数月回到港湾。
还有一处突兀的礁石，像一个孤岛，
沉默在太平洋，没有一朵浪花献唱，
一群水鸟从远处飞来，毫不犹疑地拍击
它的头和我脚下的岸。
这些被忽视的日常，使内心风景

变得明亮，经典纷纷瓦解，

以至于来到海象滩，看到大海解放出来的海象

散发出臭烘烘气味时，暗自窃喜。

赤裸裸，躺在沙滩上晒太阳，

胜过流连公路串起的任何一个名镇。

要知道，"美国最美公路"给我的最大幸福

是在森林中，快绝望时找到加油站，

当我转动钥匙，发动机轰鸣，

林中的鸟习惯性地埋头啄食松果。

云烟会散去，但一味晴朗有时候并不好。

2016.7.31 自驾美国 1 号公路

丹麦村

"阳光之地"，Solvang，丹麦村，
在太阳落下大海前一刻，
我们越过牧场、农场、鸵鸟场、葡萄酒庄，
进入 Hamlet Square 风车旋转的暗红中。
华灯初上，点燃三个丹麦人复述的童话——
哥本哈根往事、国中之国，像丹麦酥饼，
隔着窗户都冒着新鲜热辣。
而竹签将班戟反转烤，洒上糖霜、草莓果酱，
香软无比，连风都拒绝美式的嘴。
因此，没有继续寻找的理由，
作为一个过路客，更愿成为朝圣者，
像回到自己遥远的家乡一样，
轻松地在小广场散步。
安徒生博物馆会欢迎"我"回到童年，
万圣节会有南瓜木偶。
但没有夸张的符号给人带来"乡愁"，
纳维亚的幸福生活在信仰中——
每一扇小窗都渴慕阳光，
每一面单色的墙都制造明亮的光。
而阳光在我看来就是明亮的雪。

2016.7.31 丹麦村

圣巴巴拉，斯特恩码头

夜色中的鱼水之欢。我们插入圣巴巴拉，
就像斯特恩码头插入圣巴巴拉湾，
一湾灯光在碎浪上妩媚。
暴风雨、大地震、大火毁灭不了码头的深意。
此刻，一辆接一辆的车相继离去，
钓鱼或溜狗的人回到房间做爱，
我们把车泊在风动的旗帜下、巨木上，
中场休息，找一根冰淇淋。
海鲜餐馆的门早早地关闭，
白羽大翼长嘴的鹈鹕仍在等待鱼，喉囊里装满了海水。
当它吐完海水时，便是飞翔的开始。
而我们也将很快离开，带着快乐和忧伤。
就像教堂厌倦了城堡，
铁路厌倦了海，海厌倦了西班牙风，
人厌倦超大字体、甚至"开拓时代"的白壁红瓦。
或许，重资产是另一种爱情和怀乡，
山上、海边，别墅，前是草坪，后是花园，
远远听见八月欢乐的巡游。
抓住日子，抓住阳光，即使在夜晚，
"总统一样度蜜月"，我对她说。

2016.7.31 圣巴巴拉

圣地亚哥，老灯塔与海滨墓园

一次远程偷袭后，这里成为太平洋抛锚之地，
在舰队来到之前，少数人的天堂 ——
耕种、捕鱼、打猎，有着墨西哥的脸。
航海带来黄金，铁路带来柑橘，
华氏七十度，让上帝和人类爱上这个港湾。
我们穿过森林、沙漠，长距离赶到这里，
可夕阳无比憎恶航空母舰的壮美，
蓝色海水在镜头中立即黑成碎银。
栈桥尽头白鸽荡漾，巨舰平缓地进出，
我们学着"胜利之吻"姿势深吻，
小屁孩却躲到裙下，踮起脚窥视肥臀，
水兵与护士未曾谋面的激情，风一探究竟。
为找到摄影师艾森施泰特的角度，
捕捉"中途岛"船头海鸥，
我跌落大海，满鞋的潮水在立定时
果断制止了一场更大规模的战争。
如同创口贴包裹手指般呵护备至，
诺玛角半岛将月牙形海湾搂在怀中，
科罗拉多酒店五星木头守护爱情，从未失火。
于是跨过夜和桥，去诺玛角看老灯塔，
Fresnel 望远镜中，目空一切的太平洋
再次给受伤的人、望穿水的"眼睛"

一击，如果没有灯，彼岸，一望无际。
而对于第一个从远方漂到此岸的人，
"探险家"，一座纪念碑足以表达。
除了爱情，比如温莎公爵夫人与爱德华八世，
城市、大海和港湾的光荣属于和平的战士。
回程道路两旁，国家烈士墓园，
高尔夫般绿的草坪中，白色的碑整齐列队，
如此安静、如此庄严，如此靠岸。
我下车，独自在墓园散步。
"多好的酬劳啊。经过了一番深思，
终得以放眼远眺神明的宁静！"
这是所有人和诗的最好结尾。

2016.8.4 圣地亚哥

从大峡谷到大瀑布

拉斯维加斯

仅仅提及城市名字就有石漠戈壁的
风暴，唯一的泉水带来绿洲，
因为人与铁路穿越成为驿站、中转站。
摩门教徒走了，淘金者和妓女涌入，
与寄生的赌场一道随金矿消失而被遗弃。
大萧条催生赌博合法议案，山谷的炎热
被再次拔高，偶然的暴雨带来洪水，
但阻断不了通往赌场的路。
我从圣地亚哥来，高山阻隔海风，
"尼普顿"道路堵塞，酷热激变出雨水，
零星敲击车窗，终于寻找到一个斜出口。
走三角形两边，花费两倍时间
才逃脱"死亡谷"皮肤炸裂的阴影。
所以，寻找灿烂的光，光的最深处
就是人类的归属，节制的天堂，放纵的地狱。

庞大"威尼斯人酒店"，船已停开，
鎏金的夜刚刚开始，永不结束。
我揣着置换的筹码掠过蓝光角子老虎机
廿一点、轮盘、百家乐、骰宝、牌九、番摊
窜升至城市的沸点。招牌上空秀，
"25 years of nothing to hide"。

如果不曾流连忘返，就不会知道沙漠中
岛屿与盐的存在，一枚硬币的两面。
我寻找热烈，如音乐喷泉、灯光秀，
尖叫，如火山喷爆、马戏团、巨星模仿秀，
豪华，如金穹、金狮、阿拉斯加蟹自助餐。
遗憾的是不能再弄张结婚证书，但可以爱，
像个微醉的新郎把床单揉成波浪，
沙滩上咸鱼翻生，吐出曾经吞下的海。

相对夜晚，更喜欢白昼，自然醒来 ——
幸福赐予我们一天毛毛雨，夏日的奇迹。
沿着拉斯维加斯大道闲逛，我记下
她光顾的每家酒店（等于赌场）、精品店，
喝完一杯咖啡继续前行，自由女神
又出现街头，向着中国城、摩天轮举起火炬。
直到看见四周山脉，光秃发红，
才穿过 MGM 蔚蓝色泳池，搭乘有轨电车，
五站，重新回到酒店与夜中央。
我唯一的列外，在一个半圆橱窗前
和一个半裸模特滚圆的屁股合影，
她左手扶髋，右手向后抬起，放在头顶的
白色牛仔帽上，棕红色头发垂至腰。
她说："典型沙漠性气候"。

2016.8.5 拉斯维加斯

道路：从胡佛水坝到威廉姆斯

沙漠中小绿洲，贫穷母亲的奶水
养不活城市。科罗拉多河为哺育
饥饿的拉斯维加斯，被混泥土大坝截断。
被驯服的野兽，镜子般的米德湖
平静地面对天空，同样的蓝。
她的脸颊 —— 两岸山岩，彤红，
阳光拉着她的辫子 —— 黑峡，向上游划去，
3500尺悬崖上，望见飞翔的老鹰与老鹰岩。
而道路孕育狂乱。93号洲际公路，
跨过内华达和亚利桑那州一小时时差，
交界处，水坝两端，坚硬的安山岩角砾岩上
黑色时钟，让你对时，调整山光水色。

狂乱之后宁静。伯克哈里戈壁，
山丘上的沙石，灰黄中冒出绿草。
塞利格曼，道路两旁葡萄园，
阳光顺着葡萄滴下青翠的鸟鸣。
到阿什福克高山草原时，天空温柔地落下
冰冷雨点，干燥空气中水的气味
近乎猩红色百合和蝴蝶，激情如唇。
宁静之后丰富，如同猎人进入森林，
公路把风景带进历史街区、大峡谷。

威廉姆斯小镇，有着山人的名字，
开着满地黄色野花，加油站里
张贴着百年前泛黄交通地图，挂着羚羊角，
兜售锈迹斑斑路牌。那时公路上
聚集着牛仔、伐木工、铁路工人
和我这般肤色的中国劳工。因此不适应。
天空肿胀，有着多汁的雨水。

但阳光下道路的命运并不属于道路。
我们始于道路，终于道路，
在"汽车坟场"，萧条或繁荣堆叠。
就像66号公路，芝加哥到圣莫妮卡四千公里，
1926年开始，孕育全美所有的道路
但最终在国道系统中被删除，剩余的
荒芜200公里，地图上已无法完整查询。
并入洲际进入现实的，继续狂乱宁静丰富，
废弃的，在西部牛仔枪战表演中复原。
如果有一家 MOTEL（汽车旅馆），
墙上画有梦露，我愿多支付十美金，
因为"道路的母亲"，一条绕不开的路，
从大海出发，横贯沙漠，迷失于森林。

2016.8.6 威廉姆斯小镇

变奏的《大峡谷组曲》

我的旅程是变奏的《大峡谷组曲》交响乐。

5. 大暴雨

急骤暴雨把太阳砸在宽阔深邃的峡谷。
雷声消失在月光里。

一条巨蟒匍伏于凯巴布高原，
它从科罗拉多州落基山来，经犹他州、
亚利桑那州，由加利福尼亚湾入海。
它的背上一半是沙漠戈壁，一边是森林草原。
而我背上是大海隆起撕裂的伤口，
一会儿雨水，一会儿阳光。
大自然的一切凝聚，微笑和恐惧，
脱缰的野性愤怒，愤怒平息后的清纯，
在这里创造一个新宇宙。

4. 日落

落日，一面铜鼓，颤抖着将要跌下"桌状高地"。

峡谷中奔腾的堡垒状小山，

如马的长鬃被风拉直。

疲惫的乌鸦带火疾飞，野兽鸣叫，

好像末日发疯的印第安或霍皮族女人，

篝火咆哮，围绕着碉楼，火葬。

我见证的岩拱的垂暮下次来就不一定存在。

风霜雨雪时光就在眼前流动，

我的灵魂，迅速出鞘——

面对着野羚羊宁静的松林屏声静气，

他们有着石头同样的皮毛：褐红，

手掌一样的角伸向天空，投下季节的影子。

3. 羊肠小道

醒来，小径没有小毛驴"哒哒"声。

阳光探险家再次摊开充分暴露的"教科书"，

从谷底到顶部，岩层清晰，

如同五花肉切面，铺排在大地破碎的餐盘中，

随着时间变幻，蓝、棕、赤。

空气清新如春天，令人清醒如深渊，

没有什么比岩石更多变，即使

斑斓诡秘的红偶尔被谷中的一线云抹去。

我从羊肠小道来到断崖上，蓝天白云，

无助的空气飞不出一只鸟，

我听得见潺潺水声，却找不到瀑布的白。
人的视力远不及峡谷宽度。

2. 五光十色的沙漠

红色的热。一条浑黄的扭动的"红河"。
峡谷的侵蚀、亢奋继续，如沙漠，
仿佛只存在于另一个世界、另一个星球。
沿着科罗拉多河往马蹄湾奔弛，
所有镜头都比不上眼睛。
北高南低，北湿南干，峡谷在这里拐个
一百八十度弯，开始泛绿的水中有鱼欢腾。
我在寸草不生"地狱"口一回头，
便从一个无神论者变成虔诚信徒。
即使时间古老，也没有什么比岩石永恒。
唯一要做的就是将石头的红再次摄入血液。

1. 日出

小镇的夜漆黑，但因石头而明亮。
离去，新的一天来到。河流不舍昼夜
凿出峡谷，岩壁像巨大的画布
以日出蘸染大自然种种混合颜料。

我能置身何处？悬崖下大洞，一洞一村落，
"报纸岩"涂满各种动物和奇异图形。
一切清晰又模糊，就像崖居的人
灵魂藏在红色的石头、浩荡的云中。
"云雾遮蔽了万物。等云雾散去了，
每个人都不见了，不知所终。"
而我不在峡谷中漂流，就在悬崖上驻守。

2016.8.6 科罗拉多大峡谷

注：《大峡谷组曲》系美国作曲家菲尔德•格罗菲（Ferde Grofe, 1892-1972）创
作的以科罗拉多大峡谷为主题的交响乐。

羚羊谷冥想

野羚羊躲避弓箭或枪跑进地缝，人
钻进不仅只为探寻光的秘密。
上羚羊谷，一人宽的出口，也是山洪的出口，
幽深细缝，只有正午看得见到谷底。
必须土著带领，才能窥见局部的阳光。
现在，暴洪和风侵蚀的谷壁坚硬光滑，
如同流水般的边缘，峡谷上细小的光线
刻意制造马头、马鬃和金子塔人头像。
摄影玩家把光圈加大至10EV以上
也很难对抗壁不平整的反光。
那么，不如手随心动，光影带来一颗心，
一个自然的裸体，乳房饱满且乳头发亮。
不妨找个角落静坐冥想，在天变黑，
雨水降落前，想一想来时的路，
谷顶戈壁上的狗为什么朝我们狂吠。
在纳瓦荷族人视为与大灵沟通的栖息地，
想想太阳、月亮及一切有关羚羊的寓言，
洪水就不会那么早爆发。可不远处，
发电厂，三根高耸烟囱正冒出灰烟，
高空中的云渐渐变黑，向这边快速游动，
在大地和乌云之间，一线窄窄的蓝天
由高压电线铁塔暂时支撑。

也许，我们需要更多耐心才能洞见
红砂岩的梦幻世界，肉体才能如一道光亮
突破头脑中地狱般的迷宫，
灵魂才不会吞噬自己。
下羚羊峡谷没有预约，就不去了，
"拱状的螺旋岩石"需要梯和绳索。

2016.8.7 羚羊谷

漫游，从佩吉小镇到卡纳布小镇

有一种漫游是乌云闪电＋月牙星辰：
从佩吉，经比格沃特，到卡纳布小镇。

佩吉的名声来自马蹄湾、羚羊谷和鲍威尔湖，
鲍威尔湖名声来自第一个漂流到此的人。
科罗拉多河从米莉悬崖流往这里，
急转，使水变绿，下游变蓝。峡谷被截断，
那日渐缩小的壮阔波浪光芒来自
夕阳、红色砂岩、石拱，以及游艇、别墅，
水位线不断降低，道路逐渐攀升。

夜幕被道路顽强托起，正前方，
一朵巨大乌云，我们一路让幼儿比喻它的形状 ——
飞梭、导弹、鸭子、鳄鱼、轮船，
直到黑暗完全吞没比格沃特，
不知名的西部小城被一一忽略而过。
手机开始无信号，导航连不上卡纳布，
我们成为草戈上（介于草原戈壁之间）
唯一移动的船，破开黑暗一直往前，
没有什么让波浪的道路止于轮下。

奇迹总是赐予在黑暗中孤独跋涉的人 ——

乌云移到道路左边，电闪雷鸣，
而道路右边，天空出现月牙，明亮，
无数星辰，围绕在她周围。哦，北斗星。
有点担心暴雨倾覆而来，直到光照亮
道路边墙上电影壁画，"小好莱坞"——
卡纳布，到了，parry lodge 汽车旅馆，
我们像明星一样下车，再次撞见羚羊的角。

第二天醒来，才知道昨夜经过的荒凉——
峭壁、沙丘、火山口、熔岩流，
峡谷幽深、高山雄伟、草原稀薄，
不用搭摄影棚就可以拍西部大片。
我像一个土著阔气地回到了家，
美好名声来自天空大地馈赠的最好礼物。

2016.8.7 卡纳布小镇

沙漠松，或约书亚

自我抛弃，进入沙漠，像一个拓荒者
被命运安排。一棵棵孤立的树对天祈祷，
静止统治一切，人被震撼得忘了言辞。
史前世界只剩下一部车，一条路，
温度飙升至48度，神情如褐色石头，
不可接触、爱，或解释。
不能成为摩西，就化身约书亚，甚至一棵树，
在巨石阵、隐身谷中，沙漠峡谷之间，
突破狂沙包围，飓风鞭打，"绕城吹号"，
以一种缓慢没有年轮的生长
撑开冠，坚挺两百年。即使不稳固，
深绿针叶仍坚持捣碎阳光的阴谋，
摧毁城墙，将五个王杀死并挂在树梢上。
而我现在越来越相信，与自然对话
比抒情、发现或重新命名更慷慨——
老屯垦牧场、印地安人遗址在干河床边浮现。
狮子座流星雨从天边落下，
这样的优美无需去创造，声响的寂静
随夕阳涂抹成一幅有重音的油画。
一列长达上百节车厢的火车从远处缓慢驶来，
停靠在只有一棵沙漠松的小站，
小站就一个人，

他们微笑，不说话，生命的锋刃

安放在沙漠绿洲宽广的缄默上。

2016年8月8日早上9时从卡纳布小镇出发，放弃15号公路，经科罗拉多城、飓风、利特尔菲尔德，过拉斯维加斯后，改道95号、62号公路，穿越约书亚国家公园（途径尼普顿、安博伊、夫人湖荒野等）。

注：约书亚树，学名丝兰棕榈（Yucca brevifolia），属百合科，是一种体型超大的丝兰的单子叶植物，一种类似树的仙人掌式植物。
约书亚，圣经中的人物，是继摩西后以色列人的首领，用武力攻占了迦南诸城，征服了迦南全境，形成了古以色列王国的雏形。主要事迹记载在旧约《申命记》《约书亚记》等章节中。

棋盘

印第安人天堂，因小小中尉发现泉水，
便有了出山的马车通道、过客稀少的车站。
当加入华人的血，一条铁路立即穿越沙漠，
奇数的土地划为私有，偶数则分还惊慌的主人，
棋盘于是诞生，博弈由此开始。
沙漠与绿洲、峡谷与山峰，
白色滑雪场、摇动的棕榈树、折扣商店及餐馆，
不会因为一支军队的发现或撤离消停。
西半球最古老的村落，回到弓箭与陶器时代，
猫王蜜月高歌不能改变什么。
满山遍野发电机随心情转动，输入最初的热浪，
没有谁设想，假如没有了风会怎样。
日子阳光充足，只要有引水道，
有情人、野餐、爬山及骑马，
水果园和苜蓿田便会蓬勃出满山谷客栈。
当高空缆车划过鹰的翅膀，将军的快速坦克碾来，
旅馆收容世界转来的创伤、繁荣、忙乱，
一旦治愈，棋盘上游荡的灵魂便随土地飞涨，
滋生一个比一个伟大的高尔夫、网球场、游泳池！
我从东方来，不再流血，只有血拼，
那些泉水、球场与己无关，也毫不在意，
我一抬头，看见雪帽戴在发昏的头颅上，

浑黄躯体呆立在一条溪流边缘，
闻到沙的气味，但没有沙尘暴，
旅游得以继续，爱情得以残喘。
一个小卒立在棋盘上，分不清东西南北，
随波逐流，向着永恒，风来，风去，
歌声和呻吟纠缠在悔与不悔、寂静而空旷的
沙漠上。我抓着棕榈和泉之间的道路，
穿过反光的流浪民族，回到开始的白昼。

2011.2.11 美国棕榈泉

再到棕榈泉

因为阳光、风车、漂亮房子，重来，
更因为艺术和花园，需要预约。
在长途奔袭中，我们需要停顿，
需要一个优雅表率、经典示范，
尤其在沙漠，二十九棵棕树后，
科切拉山谷温泉洗涤脸色，充满树叶的光亮，
风车再次给肉体输入热风的电。
虽然灿烂阳光属于我们的只有一刻，
但记忆的山谷仍会热泉喷涌一生。
就像一个因贪享爱情造成的小得可以忽略的
擦痕，太阳般巨大，且温暖地留在
微笑和不流畅的英语单词里。
嗯，在天黑前，一个小事故，
意外地让我们推迟进入巨大无边的城 ——
正前面，右边，红色的河，
左边，对面，白色的链，
永不停息，永不交织。
棕榈泉的月牙挂在脑后，像一个梦
在梦中与我讨论一首情诗的诞生。

2016.8.8 棕榈泉 洛杉矶

七夕，旅途或爱情诗

1

总是不答复，我们需要的不过是一个确定。
"飞机维修"、"航班取消"、"改签"，
漫长等待，被隔离、排队，无语。
"奔波的周折如同咖啡，苦则加点糖"，
在洛杉矶机场，读毕肖普的诗，
（她在纽约成名，在波士顿离世，
一生很多时候都在旅行）
黑色咖啡终于拥有了囧的诗意。
但爱的悲伤是因为它想成为诗的一部分，
却不能够。时间衔接不上，错过彼此。

2

纽约，为抵达你，航班被取消，
我多支付三百美金 —— 一夜的房钱。
而波士顿，改签的飞机偶然邂逅，
就给了我整个港湾与晨曦。
一夜飞行，时间已向前拨三小时，
即使这样，与爱的节拍仍慢十二小时。

七夕的床在天上，

看得见人类的灯光、宇宙的极光

3

我们花费太多时间在寻找爱。

延误九小时，经过五加一小时飞行，

纽约，纽瓦克机场，刚刚揭开黎明面纱，

破落、空洞、冷清，

如同黑人的士司机粗鄙的语言。

城市天际线与道路的塞车成正比，

汹涌海底隧道 —— 动脉几近堵死。

超级情人以超级严酷迎接远道而来野心人。

哦！第一站，当然曼哈顿。心脏。

2016.8.9 七夕 洛杉矶经停波士顿飞纽约

阿米什的恩典

"你们和不信的原不相配，不要同负一轭。
义和不义有什么相交呢？光明和黑暗有什么相通呢？"

——《哥林多后书》第6章第14节

"美得像天堂，还可以敬自己的神"，
老导游口中的神秘之地从玉米、苜蓿地开始，
墨绿原野上，阳光恩典白色便帽之上的
黑色祈祷帽，古铜色脸，
带子系紧后在下巴上打个结。
她的蓝色长袍没有纽扣，别针固定风姿，
黑色围裙拎起一篮温柔。
她旁边的男人黑色吊带裤挂在无领衬衫上，
正弯腰收割金色烟草，光镀亮鬓须。
他们身后散落着七八个简朴的拾烟叶的孩子。
一辆四轮马车停在田埂的道路边，
两匹棕色马静默地啃食着丰茂青草。
大地上的人与物像一幅印象派油画，
自十八世纪开始就"闪避（shunning）"到这里，
恪守着"高地德语方言"天空。

而我们鱼贯而入1805年的农舍。她惊叹于
漂亮花园、白色栅栏和木制摇篮，

脚踏缝纫机细细缝补着光阴。
他惊讶于天花板上鼓肚玻璃罩煤油灯，
烛台上燃剩的半支蜡烛，
厅堂一左一右角落，柜橱藏着光影。
而黑眼睛中国女留学生兼职专门导游开始
用汉语加英语大段独白——
"他们没有汽车，房子里没有电源插座，
因为电会带来精神诱惑与污染。
他们相信社区条令规范的生活自由。
他们低声吟唱赞美诗，无需伴奏及和声。
他们不相信政府、商业，不参与保险，
他们祖孙同堂，只相信上帝和自己，
他们是和平主义者，从不从军。"
连续排比句在幽暗屋子里更抵人心，
楼梯上的风没有半点声响。她仔细聆听，
他却把目光投向窗外广阔略有起伏的牧场，
蓝天上云真白！他突然想起"洗礼"。

我们"徘徊"在可追溯到1715年的农场，
马、骆驼、驯鹿，牛、羊，散落四野，
储存饲料的高塔像一个圆形油罐。
一望无际中，鸟儿飞过粮仓，
她想，对儿童来说，大自然就是最好的课堂，
过多教育是有害的，除了算术和音乐，
就像小男孩迫不及待钻进与小木头房链接的

滑滑梯，快乐地旋转着狗吠或鸡鸣。

他说：除了冰淇淋，"赶苍蝇派"，

还能记住什么，或者遗忘了什么——

排比句，抑或奶牛哞哞、马车哒哒？

骄傲攀比无处不在，宽恕和谦卑随油灯消失。

我们应该相信劳动、朴素、一生两次白，

而非剪裁艺术、颜色或风格。

就像工艺品，永远与原生的世界对抗。

2016.8.11 宾夕法尼亚州 兰开斯特县 阿米什农场

玻璃婚纱

今天，一日三州，从盖瑟斯堡出发，
至哈里斯堡，沿萨斯奎汉纳河北上，
过森伯里、威廉斯波特，中午至科宁。
长途跋涉，一路柔美青山绿水
慢慢变得金黄、壮阔，就像爱情。
我们的目的地为纽约州，尼亚加拉瀑布城，
那里的瀑布将演奏热烈乐章，
致敬所有经过漫长爱情迈入婚姻的人。
而科宁就是这个苦旅中不经意的一个时点，
即使小城别具格调、古色古香。
我们有些疲惫，在高潮远未到来之前，玻璃最多能
洞穿白云苍狗，或者刻上希芒河的微风与细浪。

当模仿玻璃流水曲线的建筑出现，
我们进入玻璃的内心，在现场的锤炼中，
魔幻地穿越到三千五百年前，
腓尼基人在地中海沿岸贝鲁斯河上
一次意外搁浅获得明亮的光——
作为大锅支架的天然苏打石，在火焰中
与沙滩上的石英砂发生化学反应，玻璃诞生。
这种诞生与爱情的偶然和必然一致——
原料：石头与石头。男人与女人。

熔制：一千六百度高温加热。相遇、拥抱，接吻。
成型：液态变成器皿。性爱。
热处理：退火、淬火。温存、抚摸、思念。
我们一边谋生，一边意外发现神奇 ——
加入铁、二氧化锰、四价锰，
就会变绿、黄、紫，甚至白。

博物馆超大，时间简洁的光影从四面射来，
五万件制品就是五万种爱情，
心、水果、猞猁、缆绳、钥匙、纽扣、围巾，
能想到的和不能想到的都在这里，
唯有一件玻璃婚纱让时间立刻停顿。
一层轻纱柔美地笼罩在纯白褶皱裙上，
袖口蕾丝花边参差不齐，从肩头开始，
向下螺旋地点缀朵朵白色玫瑰。
裙摆蓬起。我设想着
你穿上后阳光舞动的美，在人瀑布前 ——
爱情以玻璃这种流动的静止存在，
结构无规则，初看为固体，细看为液体。
晶莹剔透，但非晶态，也非非晶态，
更非多晶态，或混合态。
复杂的透明，揣摩一个中午，直到离去，
在路上，我知道还有一半路程。半生。

2016.8.13 科宁玻璃中心

尼亚加拉大瀑布，三个场景

1

我们首先看见尼亚加拉河，夕阳的平静
孕育"雷神"最初的疯狂，
一个九十度转弯，当她的侧面出现，
"新娘面纱"已跌落悬崖。
我们按照"十字架"电梯的旨意下到河谷，
看见她的半边脸，"美利坚瀑布"
以黑石粉碎洁白彰显热烈。
当船飘忽着进入最狂野的漩涡急流，
"马蹄型瀑布"，巨大宽广的爱覆盖所有
头颅，眼泪和扑面的水珠融汇，
冲过"魔鬼洞"，沿着最后的"峡谷"
进入浩瀚却平静的安大略湖。
我左手抱着爱人，右手抱着儿子，
爱人左手抱着女儿，右手举起自拍杆，
定格亘古的蓝天蓝水白瀑，爱的声响，
每个角度独有愉悦的光进来。
蓝色雨衣显得特别多余。
"我看见你的头发里有激情的水，
脸很光洁，根本不需美颜镜头"。

2

一轮圆月照在月亮岛上，也照在瀑布，

哦，峡谷、河流两边的国度上。

今天是周五，一个华丽和平的夜晚，

两百年前的激战终于被烟花粉碎。

隔河相望的两个瀑布城，如同姐妹，

正如尼亚加拉河连接的两大湖，

将"蜜月"赠送给每一对远道而来的人。

但传说催生的爱与美需要责任、勇气，

否则瀑布就会逐步向上游后退，乃至消失。

要知道，那深不可测的水国坟墓里，

深藏浪花和鬼魂，

巨大强悍、不受降伏。

此刻，烟花在瀑布上空开出各种花的模样，

孩子们加入广场热舞，我加入啤酒，

爱人坐在草地上，旁边，

一簇黄色的花，虽叫不名字，

但人类的全部幸福就在这里 ——

月亮同样照亮万里之外的东方，

他们也同样看见了我的瀑布，我的烟花。

"上午好，这里的空气中有瀑布的香味，

烟花可能来自中国。"

3

瀑布有一万种形态，即使我没有去到对面，
也能想象马蹄的形象与声音，
即使没有走钢索横越或坐密封木桶漂游，
瀑布仍然在我体内流动。
她与早晨的微雨发生联系，
我步行到公羊岛，看见羊消失在雨雾中，
就像消失的印第安人首领墓碑。
鲁纳岛上，阳光开始喷洒，
我连忙来到她的正前方，尼亚加拉，
日月星辰烟花灯火雨雾之后，
就差爱人一次彩虹。等待、徘徊，
在时间的最后一刻，红黄绿色带
突然从瀑布底部白色旋涡中弧形架起，
最初是断裂的，上帝之力让起连接，
彩虹呈现，接着，另一条在瀑布回响声中
诞生 —— 双彩虹，最美的荣耀，
让我们得以保持事物的完整。
就像因等待彩虹错过百年紫丁香花园，
但我就是那里失去的部分，
"你是丁香，我是花钟。"

2016.8.13—14 尼亚加拉瀑布城

漩涡与战争

人生的旋涡与历史的旋涡一样，
要早早避免。如果无法避免，
那就用枪解决。
当我站在尼亚加拉峡谷与圣·大卫峡谷
垂直相交得 T 字型右下角时，
直径八百米的大漩涡把我倒吸进森林。
波浪汹涌，蓝得发青，旋转着白色泡沫。
我想起故乡锦江中浅石滩上的小漩涡，
那里曾淹死一个顶呱呱水手。
妈妈说，游水时要远离那里。
但麻阳水手沿江而下，越过无数漩涡，
进入长江、汉口，赤手空拳打出"麻阳街"。
所以，在安大略湖边、战争古堡公园，
当三个火枪手用火药填塞的枪击响天空时，
有点小兴奋。可当我看见
印第安人独木舟时，又陷入沉默 ——
在木头上坐下，仿佛"麻阳船"。
我走到湖边，隐约中看见多伦多，
于是想爬到青草覆顶的红墙堡垒上张望，
"下来！下来！下来"
一个老火枪手朝我大声喊。
当我确信历史如堡垒再也经不起折腾，

便下来钻进其中，锈迹斑斑的古炮
对着湖面，狭缝中的阳光射向
身后堆满一面墙的木红酒桶。
想喝一杯，便径直跑到靠湖的法式古堡——
当年的营房，七八个"士兵"在喧哗，
一个母亲正在给女儿系十八世纪的纽扣，
我注目研究了一下她的衣衫，
红色内裙套紫色的外裙，
圆木头屋顶上垂下黄色的灯，
让所有人摇身一变。
但岁月流逝，湖水被接管三次，
我却带不走一滴水。也没有一支枪。

2016.8.13—14 尼亚加拉大漩涡、战争古堡

星光灿烂的旗帜

自由钟

它挂在那里，透过玻璃窗户，
阳光把漆黑的破裂的铜敲成钟声。
回望中，广场草坪上，一群鸽子
拍翅掠过自由宫前铜像，渐升至穹顶的塔尖。
钟静默，结构并不坚固，
我排队渐渐进入它并不复杂的内部 ——
1752年，第一次试敲就破裂，
重新铸造，再敲，再裂。
再敲，锯齿状裂痕凝固一切声音。
它的深邃来自黑暗中一些猛烈的动词：
陈请、革命、召集、宣读，
每一次被敲响，阳光将投票权扩大一倍。
它的名字来源于1839年一本小册子中
一首诗的标题，和这首诗的标题一样：
自由钟 ——
说到自由，我想起费城曾是首都，
于是乘上旧式马车，沿切斯努特街向东慢行。
阳光下"签名者"雕塑特别刺眼，
幸好戏院中快活的古典音乐漾出来。
而内心一无所有，包括对死亡的恐惧。
我们的自由是午餐，在起司牛肉三明治
和英雄三明治之间投票，当然也可放弃，

选择中国快餐，对面地下一层，
离富兰克林墓不远。
我们匆匆离去，目的地是华盛顿，
但道路开始精神分裂。被禁锢的时间
无法跨过德拉瓦河与斯库基尔河，
等到教堂里钟声再次响起。

2016.8.11 费城

巴尔的摩，乌鸦

"这时我打开了百叶窗，于是抖动着翅膀，

跨进一只严肃的乌鸦 ——

他属于神圣的古代；"

———— 埃德加·爱伦·坡

为清醒的迷失痛饮。他

在盖瑟斯堡希尔顿酒店外小川菜馆

一杯接一杯。乌鸦在啤酒泡沫中

鸣叫，她在对面微笑。

下午经过切萨皮克湾，巴尔的摩，

这个"不朽城"离华盛顿、里士满很近，

出海经大西洋北上到纽约、波士顿都不远，

港口集装箱旁小山，黑的煤炭，红的铁砂。

麦克亨利堡上，"星条旗永不落"，

但在他眼中，第一座华盛顿纪念碑、

第一个战争纪念碑，再高也高不过

破败黑人区里爱伦·坡窄小的双层红砖房。

他浮想着穿过复兴的码头去寻找，

当接近五六户连在一排的低矮平房，

差点被走廊尽头洗手池里腐烂的菜叶味熏倒，

警车灯突然出现，配枪的白人警察大喊：

"离开这里！这里非常危险！"

他坚硬地咽下一片夫妻肺片，
麻辣提醒他应该到列克星敦市场摊档去，
（当年总统都曾慕名前往）
买海蟹和牡蛎，作为今晚下酒菜。
可是，很遗憾，不速之客再次迷失，
即使水上的士小册子封面上，乌鸦！
职业美式足球队，乌鸦！
于是又要一瓶酒，黑夜接管了黄昏，
他想起坡的厄运和他的小表妹，
便一口气喝到了底，
"不祥古鸟""永不再"。
其实，乌鸦与喜鹊同源，反哺也报喜。
在危险的边缘地带，他使劲地抱紧她，
她把满天星光揉进他的身体，
潮汐涌来，温存，摩擦、撞击，
然后漂流，
被同一个月亮萦绕，乌鸦飞来。
他想起一个传说 ——
洪水过后，游曳在海滩上的乌鸦
把大贝壳、石鳖领到一起，
招来日月星辰，带来火种。

2016.8.11 过巴尔的摩，夜宿马里兰州盖瑟斯堡

华盛顿哥伦比亚特区，自白派

一切政治都是潮汐湖中的一只鹅，

无非白或者黑。

在波多马克河边，

灌木丛生之地，

国家广场拉长目光、倒影。

那些时常在新闻中出现的穹顶背景

在阳光下，神秘再次将能见度暗自降低，

宽广的绿草坪将部分噪音吸收。

相对国家建筑、仪式承载的民主、自由，

我更欣赏自然、艺术与科学，

一个个博物馆免费呈现世界多样性。

那些纪念宫、碑，与我有关的似乎只有

二战、朝鲜战争、越南战争，

那些士兵的雕像在逆光中存在不同解读。

城市仍然争吵不休，

特区特在平衡，

就如当初建都选址在马里兰州和弗吉尼亚州之间，

南北方天然分界线上，

名称从哥伦布发现到纪念华盛顿。

每一个到这里的人都会变成"自白派"，

如潮汐湖畔的樱花、热闹的春天大游行，

华丽地开始，

却不知如何结束，
如果不提及橡树、鹃菊和红尾雀，
那就一定会提及"谋杀"。

2016.8.12 华盛顿特区

波士顿

大西洋蓝色的舌尖深入燥热大陆，
他回应她，深吻，身体像半岛，
凸起物愈发坚硬，
何况晚来了一刻钟，船漂浮的爱
必须完成所有规定动作。
其实，阳光下大海没有什么新鲜事物，
波士顿，一个词，她的命运
取决于其不同上下文，如倾茶、战争、事件，
取决于其使用频率，
取决于布道词，那特别的契约。
性格和新英格兰一样，大陆性气候，
受海洋影响，多变易怒，甚至歇斯底里。
离码头越远，星条旗飘得越高，
能够辨别的地标更加挺拔，浮标几被忽略，
船尾浪花与白云同披一床蓝被。
文明不仅仅是每日的面包和每夜的拥抱，
每个码头都有自己的断代史，混合着
朗姆酒、鱼、食盐、烟草和剑桥协定。
虽然最高点，贝勒维尔山，只有 101 米，
但哈佛大学和波士顿公园的古老草坪
早已见证他为她挂上"翡翠项链"。
一张光洁圆润面孔，大海深奥莫测的闪烁

反映在其平静的窗口、眼睛里，
"夜夜笙歌"不断创造新的现实。
阳光慷慨地捐赠艺术，在唐人街牌坊前，
粤剧的唱腔驻足漂洋过海者，
填平沼泽、泥滩和码头之间缝隙。
但没有人能抓住爱与道德的尾巴，
他最终只会得到满网的鱼，却没有水。
船开始慢下来，打转，掉头，
他有点晕眩，想诉诸挽歌的音调，
把鱼扔回水里。但他知道，
中午龙虾大餐马上开宴，不可避免。

2016.8.14 波士顿

曼哈顿战争

飞机赶了一夜天空，黎明终于把纽约
和行囊驱赶到起点，哈德逊河边码头，
白与黑的战争立刻在外围打响——
黑色殖民时期的船停在那里，
桅杆拉紧黑线，因为逆光，
布鲁克林大桥黑成两条铁直线。

白色游船以"北京"之名开始自由航行。
虽然有意避开阳光的白，
并尽力把目光转移到现实的港口阴影中，
但摩天楼的石头或玻璃外壳
一次次拔高欲望——寻新乐土，
为发现命名，并建一座教堂，
最后，带回皮毛、河流和荣誉。
因此名字是解剖历史和心灵的最好的刀——
先有"新阿姆斯特丹"，后有"新约克"，
其间，交易、战争和投降，
"大苹果"把黑奴的铁链拉得比风更紧。
当飞机盘旋，"战争"暗影再次降临。

其实，我们环行的边界就是河口，自由岛，
离大海尚远，但自由女神举起火炬时，

波浪骚动，一下子挤进各色皮肤。
在细成一线的光中，只看到建筑，没看到人。
向上生长的曼哈顿，似最高的桅杆，
又似一个巨大软体动物剪影，
漂浮在一个用来映照孤独星球的巨镜上。
文明拥有简单如大街、肮脏如垃圾的内部，
即使在外部张望，也能看见部分现实，
比如这班船，没有开胃菜，
也没有甜食，更没有什么主菜，
这些都是夜晚和胜利者的专利。

2016.8.10 纽约

第五大道上的临时演员

她说她像奥黛丽·赫本。

我说你不用在第五大道"蒂凡尼"橱窗前幻想，

"做一天临时演员吧"。

由南至北，从帝国大厦或洛克菲勒中心开始，

在高处铁笼里瞄准街道和内心的紧张关系，

深蓝河流灰蓝大海会缓解眼睛徒劳的疲惫。

然后到圣帕特里克教堂，解放肉体，

拯救灵魂，抛掉一些，留下一些。

中央公园暂时隔离大街喧嚣，

草坪上漫步可重温过去美好感觉。

澎湃心脏有两片湖形的肺和许多小动物，

湖中喷涌的泉会打破长久以来沉默。

而大都会博物馆就在附近，记录人类过去，

埃及的丹德神殿可遥想远方和神。

我可不想你变成木乃伊，

再美也隔着一层厚玻璃 —— 无数个世纪。

几个美术馆就像几瓶顶级红酒，

慢慢品味，泽润皮肤，到夜晚更加迷人。

是的，夜晚 —— 双关语、暗语，

我们漂浮在第五大道红色海滩上，

在真实的空气中痛快地折腾这个城市，

努力对上街道中某扇门的密码。

如果睡了，便在梦中思考一下我们的梦，
有的正在发生，有的正在赶来。
星光照耀着舒展的裸体，
明天早餐一定很轻松美妙高贵。
什么？打包？当然可以！ 60街到34街之间
"梦之街"所有橱窗都可以带走。
这样说，我和你好像都变成了临时演员，
幸好，我们抱在一起。

2016.8.10 纽约

纽约时报广场十字路口

"既然回到纽约就必须回到中心"。
我对她说，预定的酒店
距离时报广场不要超过两条街，
这样才能成为一个"纽约派"诗人——
特德·伯里根寻找出人意料的并列
与无法预料的姿态，只能在那个三角地发生。
比如，现在，刚从沸腾鱼的锅底走开，
便被铁马阻隔，道路中央水管爆裂，
人变成一条被刨肚的斑马鱼，
按照洄流的方向被黑人警察吆喝着
导向沸腾的台阶。
小儿跳完江南 STYLE 后，尿急，
找了个背光街角，用可乐瓶接上金黄尿液。
裸胸的金发女郎盯住东方神奇小鸡，
我则盯住她科罗拉多峡谷里热气腾腾的水。
现在，音乐潮汐又一次覆盖乌鸦，
约翰·阿什伯利说要在音乐中表达自我，
百老汇让人信服。"我的心装在我的口袋里"，
我的耳朵装在水泥地上装零钱的宽口帽中，
抽象的乐器感染女儿跳起探戈。
百老汇大街、第七大道和42街交叉的河谷，
我站成长颈鹿，变幻着黑蓝红冷热面孔，

与半圆柱型 NASDAQ 巨幅广告节奏一致，
标板上突然亮出四个字："犇王家族"，
我的狂想与感官的不连续性同流合污。
领袖弗兰克·奥哈拉喜欢即兴创作，关于风景，
我也喜欢，但梦幻般、非理性的意象
通常只有在五星级酒店性爱后获得。
"夜里，中国人怦然跳上亚洲"，
不，中国人已潮水般涌进曼哈顿所有商场，
高鼻梁帅哥开始讲北京方言。
遗憾的是"在纽约要做的事情"——
"结交永远的朋友，然后离开"，
这点没能做到，我只能流转于各色餐厅，
或买几大包好时巧克力作为礼物，
送给痴迷《美女与野兽》《西贡小姐》的人。
然后在酒店里写诗，在霓虹闪烁中
思考如何在游戏性与典雅之间获得张力。
但我不是一个因反讽幽默而迷人的人，
快乐经验来自于连续两个夜晚，徘徊，
十字路口，看当下哪些广告正在播放或重复。
还有一个早上来，《早安美国》，
希拉里和特朗普的脸，比哈得逊河黯淡。
小船在窗口像一座纪念碑升上天空。

2016.8.15 纽约

在中央火车站附近天桥上

一个飞行者穿过中城很多峡谷来到42街，
癞蛤蟆凉鞋透气孔散发脚趾的疼痛，
高楼暗影下清凉的风吹干GUESS红色衬衫。
他宁愿站在天桥上烈日下脱层皮，
与攒动的人头走进火车曾经的黄金时代。
他不赶火车，就做一个观察者，
挑高的候车大厅，巴黎歌剧院，
拱顶，中世纪，黄道12宫图，
2500多颗星星——灯，电使其熠熠生辉。
在这个公共空间，铁路与地铁的中枢，
他特别对吻室里的各种接吻感兴趣，
以及通过秘密通道，乘坐电梯去
伍尔德夫旅馆后发生的事情。
现在，什么事情都没有发生，
黄色的士在红灯与白色斑马线前停下，
挖掘机在路口挖个大洞，将METLIFE大楼的
玻璃影子埋下，红色消防车停在那里，
没有对过往人群嚎叫。火车站顶的雕塑下
金色钟表指针指向上午11店37分。
他有点失望，在这里发现不了美国，
他的眼皮垂下，看见许多面孔——
冷峻的、鹰钩鼻的、浪漫的、受伤的脸浮现，

他突然想起 W.J 奥登某一年也在这天桥上
张望，被抓怕，眉毛在迷惑中扬起，
与他目光的敏锐形成落差，呼应着诗
与脸上著名的皱纹 ——"凌乱的床铺"。
诗人要不躲避镜头，要不镜头落后于他。
他再次观察天桥上匆匆面孔，像一个医生，
开始对面孔后的故事感兴趣。
他们都有病，自己也是。
他们都精确地抵达火车站，没有太多停留，
就快速找到自己的站台、铁轨。
他看到一张总面孔。凝视渐渐空白，
仍找不到与面孔相近的事物 ——
"荒野"、"沙滩"、"沥青"、"破桶"、"红薯"，
哪怕穷尽想象与词。这就是结果。
他闻到了咖啡味道，
摘下眼镜擦汗，模糊地看见自己的影子，
其实，就是为了"取悦一个影子"。

2016.8.16 纽约

洛克菲勒广场花园

"我无法描绘那棵最大的圣诞树，
因为现在还没到圣诞。"
她是女儿、天使，必须带她去洛克菲勒中心，
下沉广场升起159面彩旗（以为是联合国）。
与此同步升起的是19栋商业大楼，
缓慢起伏，堆起一座山脉，
奇异电器大楼就是其中最高的奇异的峰。
我对她说讲述一些数字：
东西向，从48街到51街，占三个街区，
南北向，从第五到第七大道，又占三个街区。
她在街区中穿行了两天，已无动于衷，
包括什么 ArtDeco、现代主义风格。
除了高楼还是高楼，她不愿意上到"巨石之巅"
鸟瞰帝国、公园与鸟的轨迹。
我对她讲述洛克菲勒家族财富故事，
她把目光投向雕像 —— 普罗米修斯，
在阳光下金光闪闪飞翔，
喷泉为她镶上银色珠链，泡沫溅湿眉睫。
我为她拍照，她勉强微笑。
我惊叹于建筑背景完美呈现费理斯画作，
她的目光却开始游离 ——
花园中白色花架垂下花朵，一个白色大贝壳，

（背面看像一把掏空的蓝色手提琴），
一只鲜花做的蜻蜓在振翅欲飞，
叠流的水从她的心中涌出。
少女伊甸园！一个又一个花圃
在广场与第五大道之间，人行道两侧，
明亮、燃烧，盛开纽约的心情，
击败一栋又一栋高楼一个接一个街区。
单调变得丰富，阳光关心一切，
直到我们看见假山一样的教堂，
进入地下铁。

2016.8.16 纽约

联合国总部旗帜下

没有地铁，从42街直接步行插入
世界上唯一的"国际领土"——联合国总部，
一个超现实主义的存在，
就想找到那个角度，把全部旗帜摄入镜头，
——一个全世界出镜率最高的镜头，
然后写一首五言或七言古体诗。
但阳光并不公平照耀每个人，
没有什么方案可解决天空、东河和树荫。
镜头中旗帜总不完整，零星地卷起风声，
如果有一根火柴，"火柴盒"便即刻
点燃暗绿色玻璃幕墙和两端白色大理石。
我守着孩子们，凝望花园中的三维雕塑——
弯曲打结的枪、改铸为犁的剑，
她排队进入对面屋子办理通行二维码，
覆土很深的沼生栎、悬铃木、枫香
突破黄水仙球茎包围，馈赠我们玫瑰。
但我们能捐赠什么呢？
世界并不是一个彩色玻璃窗，花海中
天使亲吻小孩，美好音符点缀在周围。
枪总会在某个街角或沙漠响起。
我们深入内部苍穹，了解爱与和平，
但走出大门时，仍与来时一样，

警察荷枪实弹，牵着垂着红舌的黑色警犬，
巡逻在东42街、东48街和第一大道上。
边界就是我们伸手可及的头发，
阳光不能平息什么，带来更多阴谋。
一场大会又将开幕，
旗帜在风中又活了一天，
但历史却要和地球一直活下去。

2016.8.16 纽约

2016年8月16日，零地带

远远听到水声，"零地带"到了。
两个方形池 —— 双子塔留下的大坑，
深6米，瀑布从上到下，
如坍塌的楼，坠落深渊。
水声遮蔽喧嚣，外部强烈的光被滤尽。
像一只突然跃升的鸟，看见
曼哈顿全部镜像，帝国大厦依然站立，
自由女神眺望着船穿过东河的桥。

"记得那天，我的牛奶泼了一身，
两架飞机穿过世界上最高的屋檐。"
可视的空洞怀有戏剧的天空。
水池间通道墙壁凹陷的地方，
有人点燃蜡烛，有人静默祷告。
"城市的缺口"，生命逝去，又重生。

广场，自然的过渡，属于纪念，也属于城市。
枫洋、槐菩、提栎、香枫怀抱园林，
以空旷之力承接紧邻的变化和持久 ——
秋天，为纪念馆撑开金色大伞；
春天来临，新的枝叶相继诞生。

而我现在置身底部，轻薄的水帘后，
黑色墙壁上无序地刻满死难者姓名。
一朵淡黄色的花
插在"DOMINICK PEZZULO"上，
花与陌生的名字在阳光下分外明亮。
心跳突然加速，我合拢手掌
抬头看见刀削般的大楼把天空削去一半。

2016.8.16 世贸遗址
2016.9.11 追记

华尔街睾丸

旅程最后一站，华尔街。
在亢奋前，首先安静地走进三位一体教堂，
在木条长椅上坐上半个小时，冥想
或随手翻开《THE HYMNAL 1982》。
教堂正前方，纽约证券交易所（NYSE），
背后，美国证券交易所（AMEX），
周围，一小块17世纪的花园和墓地。
我的目的地很明确，穿越百老汇，
走过华尔街500长街道，去抹铜牛的角。
我的行走很慢，像一只蜘蛛，
一边想着摩根财阀、杜邦财团等，
一边细看古老石头建筑上的门牌号码，
哦！精致的镀金年代！
竟然一时在蜘蛛网的道路上迷了路。

我于是坐在峡谷阴暗的底部，想象太阳的
光辉，早晨与傍晚，让我有所依靠。
炸弹虽危险，但没有比贫穷的月亮更危险的，
我像一个期货等待卖个好价钱。
虽然现在大部分金融机构已撤离，
但"华尔街"这个名词，不，动词，
仍在推动纽约，不，美国，不，地球，转动。

我要在它的波浪里泅渡，最好能敲一回钟，
那钟声也许比教堂的更美妙。
如果崩盘，那就再回到教堂。

现在继续往前走——
1号：纽约银行大楼
14号：美国信孚银行大楼
40号：川普大楼，曼哈顿信托银行
60号：德意志银行大楼，摩根大通大楼
111号：花旗银行大楼
鲍林格林公园。铜牛闪现。围了三重人。
我全力杀入，兴奋地握住铜牛左角，
镜头右角下却伸出一只别人的手。
（仿佛一个小偷伸进我的钱包）
干脆，转到铜牛屁股后，和小儿一起蹲下，
紧紧握住铜牛睾丸，大笑——
终于占领华尔街一线逼窄的蓝天。

2016.8.16 纽约

在纽约，在纽约

我在纽约西44街300—306号，
洲际酒店，2912房，窗户向北，
夕阳点燃曼哈顿中城。
目光所极，正前方——上城：
中央公园，那里有一只熟悉的松鼠，
其陌生水域，四周的豪宅每扇窗
都有股市的余波；
第五大道上丢失魂，
时代广场重新捡起魄，
洛克菲勒中心惊艳一朵花的裸体。
而右边，"地狱厨房"、"不幸者"，
蓝色哈得孙河上，帆鼓吹船，
林肯隧道让不屈的河流一次次中弹。
而左边，伊斯特河边，联合国旗帜
昭告破碎的地球必须将枪杆打结，
一个苗才能与鸽子同沐阳光。
最隐隐不安的是背后，下城——
曼哈顿龙头挣脱河流，一头扑向大海，
那里是城市的起点与至高点，
灵魂受难时，挽留让其找到港湾。
现在，华尔街与三一教堂融为一体，
被警戒的地方不会再丢失一只鞋，

背不下联邦大厅里华盛顿誓词的人
必须在长凳上一遍遍默诵圣经。
很上相、不入画的我如同纽约，
摸了铜牛牛角又摸睾丸之后，
坐上破败的地铁暂时回到这里 ——
很电影、不诗性的地方，人们
穿梭其中，让每一个垃圾袋空前饱满，
我匆匆在肮脏的街角咖啡馆
喝完一杯世界注视的阳光与阴暗。
然后，明早离去。

2016.8.17 纽约

飞越或经停

飞越或经停

1

黑蛇吐着的烟雾破碎在骚动的海湾上。
轮船下倾斜的水草勾拌失重的脚。
白色的浪与迷乱的灯相互挑逗，
没有一张网，可将他们一把收拾。
我坐在舱边，怀揣唯一的诗集：《飞行记》，
一声从皮肤深处撕开的长啸，
叩打忧戚的内心——荷马或但丁的内心；
仿佛有许多未完结的篇章，
未熄灭的灰烬，等待重燃。

大屿山的佛在一边无语，注视着
穷人们在这个夏日之末挎上 LV 包向秋天炫耀。
我和他们没什么话说，虽然我也是
穷人，开始远征，头插季节的羽翎；
有点心虚，仿如叛变、流亡或逃荒，
甚至担忧没有留下遗书，
最后的许誓。爱就像海水激荡，
带着善良的咸吻别故土三万里江山。
一个卑微希望：种子落在平静的土地上，
自由成长，脚步印在阳光下，

越过露水前往自由的国。

站在机场大厅，我和爱人一起回望，
夜色如玻璃。一个异国女子披着长袍，
裹着无望的脸，善睐的眼睛
看不透我。我也看不透一切。网。

2

00:35，定格的时间亮如白炽之灯，
窃喜的恐惧翻越山颠进入海洋
这个鬼魅之城，"东方之珠"，
夹在变调的汉语与英语之间，没有苗的文字，
不断向我行礼，抛售移居传单。
那些失效的信用卡不足以预付谎言。
我渴望远离，又有些担忧，
有没有一个爱的诺言重过生命，
镶金边的纸上回音恐怖，
惊涛骇浪的声音阵阵袭击。

偌大机场，足以飞翔的孤岛，
却没有一个安全领域，停泊船，
摆放汗牛充栋的传奇典籍。
我试着跳高，沉闷空气把心压回原地，

尚未钙化的骨骼固执地支撑渴望。
绝非因为南来北往东奔西走的人影引导，
一次远离，抖落繁重的羽毛，一身轻装，
愈加清晰地理解故乡，
看枫树下水牛哞哞，河流拐弯处
一山屈原的橘开始泛黄。

时间临近，我不屑于回望，
如同不屑于死亡，或因一声久违呼喊，
或因一种命定的劣根。

3

诸神撞击云海，一出门，一进舱，
便陷入慌乱的禁闭。这个可移动的容器，
在搜肠刮肚吐出几个单词之后，
血液的语言沉默，世俗的语言沉默，
世界流行的语言结结巴巴，仿佛一个婴儿。
漂浮在动荡天空中，窥视窗外，
黑夜依然服侍月亮，天空依然颁布规则，
大海皇帝般宣诏：光明是黑暗的朋友。
被五花大绑的我试图反抗，
反抗束缚一切的空气，
反抗战争、杀伐、包围、圈地、封山、禁航，

反抗太阳的专制，昼夜的制裁，
反抗和谐、文化、统一、道德、梦想，
反抗血肉和肋骨。
一通折腾之后，四肢麻木，
黑色眼睛迷失于蓝色的晶球沙漠的脸，
刀叉摆放在餐盘两边，中间
冰冷的肉蔬杀气腾腾，一块白色的布
随时准备将餐羹冷汁抹去，如同毫无意义的
人生。在天空皆如此，
回到大地又奈何，一觉醒来
依然黑夜，即使转了半个地球，
即使一时无法反抗，但是谁也不能谋杀
阳光和美妙的苏醒。

4

八小时昏迷与苏醒之后，波斯湾。
霍尔木兹海峡，阿拉伯的神灯璀璨。
我想起1、2、3这些枯燥而神秘的数字，
拉长一个人生命的路程，
撬动石油美圆，引来航空母舰，
惊飞资本市场狂沙。黄沙之外，
蓝色的迪拜塔与帆船酒店对撼奢华，
一个畏惧辉煌如同罪孽的梦游者

看不懂对与错、爱与恨、罪与罚、红与黑，
就像弄不明白头顶的天穹与胯下的水
以及马克图姆家族的酋长生涯。

印度人、巴基斯坦人、孟加拉国人，
用阿拉伯语发公报，用英语谈生意，
我算其他种族，不用文字而学习痛苦，
学习用眼睛辩识真诚与谎言、绚烂与枯荣，
用耳朵聆听什叶派与逊尼派。
一个久远的伊斯兰在古瓶气息中绽放，
贸然闯入者，谨小慎微，
审视面颊和嘴巴、商业与工业、时尚与科技，
心怀棕榈岛的梦，却只有经停的命。
从黉夜到黎明，没有影子和债务的躯体
在童话玻璃盒子里来回散步。

干渴，从清真寺塔顶援熹微而来，
无际沙砾拥簇的生来矛盾心怀荣光的城市，
鸟语花香，几如年轻时的我，
什么都不信而爱一切。
崇尚挥霍、少女、拳头、酒精，
一头扎进森林却唇干舌燥。
最后在一个鸟巢中度过绝望夏天，
感谢人民币兑换欧元折算成迪拜币购买的水，
复杂的计算由别人去做，只管痛饮，

浇灌一夜的火、欲与睡眠，
没有知识，没有信仰得以快乐。

5

并非逃亡，一直向西，从一个孤岛开始
便陷入浩漫黑暗中。
亢奋的冷气仿佛陌生的语言，
曾经热烈拥抱，如今相对无言。
当腾空而去，进入庞大内陆腹地，
海拔攀升，水草丰沛的头颅逐渐干枯光秃。
颤抖中进入别人国度，乌克兰枪声响起，
耶路撒冷聚拢那些寻找母语的人民。
早已丧失文字的，心渐趋平静，
光明从背后尾随而至，
我在黑暗中再次念叨无法触及的光明。
与地球自转相背，是一种宿命，
那些临窗闪烁的星星
用温柔的光驱散不安、忧郁。
总有一个时点，当我到达，与黎明同步。
何况巴黎的春天，绿草如茵，
即使吐不出一个单词，地下铁仍熟悉地
抵达每一座神秘空阔的宫殿、教堂。
为诗歌而来，诗歌为陌生而来，

当大鸟的铁爪紧紧地抓住了大地，
我的手也牢牢地抓住了天空，
飞翔的翅膀与文明相向而行，
此刻，黑暗与光明握手、致意。

6

那么，这一次，转向飞越太平洋
我给它换了一个名字：忐忑。
最短的距离——大圆，一条抛物线
把人抛离蓝色地球，将重心置于太平洋上，
接近白色恐怖击落封闭的极点。
而东西之间，两个支点和风决定或南或北，
堪察加彼德罗巴王甫、安克雷奇
将时间拨前或拨后十二小时后，
白令海峡找到古老睡眠和"加油"信心。
但时间并不轻松，需要不断续杯喝水。
在生活逼窄的空间，如同机舱里，
我们时常抛出一块石头击破沉闷湖水，
并总找机会成为手中的石头。
陌生、异域，风情甚至艳遇，
这些都盘旋在跨洋飞行的"大片"中——
摩天楼、金钱怪兽、辉煌时代、赌城风云、
美国队长3、英雄内战、舞力重击、崩坏人生。

好莱坞、华尔街、曼哈顿抛出的曲线，
比一次北极航线更漫长、颠簸。
要知道，机外温度 -51度，高度10363公尺，
时速911公里／小时，这些数字被记在
一家移民公司免费赠送的小记事本上。
不安的气流拍打机翼，
情诗或独白，此刻都不适合抛出。

7

一直在构思阳光。关切从离开开始，
持续至归去，没有枪炮逼迫、集会呐喊。
临摹从鸟的降落开始，城市的高处，
山峰一样耸立高楼，纽约、洛杉矶
是不安全的，隔岸的汉语一次次提醒，
唐人街并不比黑人区敞亮。
但房价稳固向上，没有家园的人格外看重
一片屋檐下的青草。阳光透过篱笆
打在有剪纸的门板上，岁月静好，
日子悠长，一年三百天的明亮驱散黑夜，
任意在蓝线、红线、绿线的地铁上奔跑。
少数即为多数，天堂鸟拥抱每一个投奔的人，
一美元"耶诞巴士"无私连接
高地、心境和阿瓦隆，

夜总会里的奇闻轶事总在新的黎明反复咀嚼，
充满杂志、专栏，除非阵亡纪念、独立纪念、
劳动节、感恩节、圣诞节，当然没有春节。
阳光正如一个音符从沉默深处诞生，
惬意地生长，拉长背影，
直到虚幻阳光在黑夜死去。
从沉默深处诞生另一种阳光：真实，非虚构，
温暖，不寒冷，使颤抖的身躯渐渐坚强，
它照耀大地时，谎言和枯萎的树叶
一一落下，被踩在脚底，
阳光漂白一切。
我们走进了阳光，阳光忘记了东西，
普照的日子很快来临，
不管在海边，还是山中，
沉默中的构思毫无意义。

8

总是红眼航班，在深夜出发，
在黎明或中午抵达，
经停的时刻，咖啡捣弄颠倒的诗。
我得以比别人洞见更多的黑夜和诗篇，
每一个地名都是诗人的祭坛，寂静或喧闹。
我还将继续一个苗的远征——

异域风景明亮在阳光中，

文明的乡愁奔跑在风雨路上，

机场是永远的华盖，偶尔变成一张波斯毛毯。

世界让我眷恋，我给世界留下证词，

是因为不想背叛良心、道德与自己，

一个被历史强迫丧失语言的人，飞越或经停

就是和这个世界的对话，谈判，

甚至交锋，如同做爱，深过天空、大海。

我会慢慢接受我的敌人，视为亲人，

他们激励我写诗，比阿尔卑斯山纯洁，

比大峡谷分裂，比大瀑布壮丽。

我其实更愿意诗篇变成废墟，

杂草丛生的石头上有血的斑驳，

一切都是合理的，不合理的只有时间，

激活传统、语言，酝酿新的飞翔。

2010.9—2016.12 香港、迪拜、巴黎、法拉克福、洛杉矶、纽约机场

"一个苗的远征"，太阿对苗裔身份的强调表明了这样一种独特的世界观，构成他诗艺中的天才部分发自某种神秘的启示和微妙的缺陷，如同来历不明的祖先远征一样，他换做了诗性漫游的意念。和旅行的目的性太强不一样，漫游的象征主义性质要远远大于漫游的主题自身。这些年来太阿的诗写主题一以贯之——依靠强大的智力和敏锐的洞察力，细节性地发现隐藏在历史中的生活在当下呈现出什么样的神话外形。继《飞行记》和《川藏青记》之后，《证词与眷恋——一个苗的远征I》的出炉更凸显了太阿的漫游价值，他没有使用对称的形式书写，而是以几乎密不透风的意象重塑了诗意经验的可能性，其极具个人隐喻化的漫游事件和博喻态度构成了中国当代诗的一道奇异的景观。我在他的诗中看见了屈原、惠特曼、圣-琼·佩斯、奥登、沃尔科特、维吉尔。

我决定在纸上重走一遍太阿的征程，征程即隐喻，以期获得他的原始诗意、生活信念和不断回溯的隐秘经验。

俄罗斯漫游对太阿来说可以定性为一次信仰之旅。俄罗斯精神地标性质的圣彼得堡如同彼得大帝到尼古拉二世的陵墓，太阿在诗中这样说："陵墓抵得上他们的信仰。"《白夜之城》这首诗共11个章节，太阿滔滔不绝地发展了他在抒情诗方面的天才部分，甚至我几乎要将他视为一个崭新的无韵体格律型诗人，他拥有并保持了一种特定的形式——诗句饱满诗行均衡；现在几乎没人这么干了，对句子的逐行装饰越来越显得具有一种危险性，如果不是谙熟舞台式台词技巧，就诗而论，他这种把话说尽的方式有点像庞德批评过的"用废话填补余下的空白。"

可以说《白夜之城》是一首意象磅礴的杰作，太阿几乎要创造出一种独特的韵律来，俄罗斯的历史和人物穿行于一个个戏剧式的场景中，如果我说太阿是这个时代最杰出的抒情诗人恐怕也不会有多少人反对；令人吃惊的是，他还有着惠特曼式的嗓音和圣‐琼·佩斯式的节奏，昂扬的声调越走越高，读者必须与他共存。从第1节到第11节，太阿诗写的无限变化始终压在不变之中，羽毛般四散的语言被他牢牢拉紧，他的这种罕见的均衡力和波斯飞毯的构图原理如出一辙，强烈的视觉感让人以为这是一套精心编织而成的彼得堡宏大地理学。

太阿就是那种一意孤行的风格型诗人，他的热烈的抒情披着叙事的外衣，以至于你有时候分不清他在抒情还是叙事，一个自我分裂的名词高手，第4节、第5节简直就是以词语作画，融合了北京故宫馆藏乾隆瓷器的繁缛华丽美学风格和波斯飞毯的地理学构图装饰艺术，举凡"冬宫""浮雕""金色大厅""孔雀石柱""十字架""大梯形瀑布""芬兰湾南岸森林""涅瓦河""铁栅栏""徽章楼上的鹰"等等，他都以轧道工艺装饰出各种炫目的图案，句子紧紧相连如缠绕的藤蔓，如影随形的仿鎏金效果的装饰技法让词句之间喷吐出它们的内容。这首诗的严峻之处在于"青草中散发出死亡或流亡的气息"，但那正是俄罗斯文艺的白银时代被迫流亡的征途，《白夜之城》的语调从一开始似乎承受着一种巨大压力，因为这是彼得大帝、普希金、果戈里、陀思妥耶夫斯基、曼德尔斯塔姆的圣彼得堡，他不得不在喧嚣的间隙同沉默达成妥协，沉默才是一首诗的极限，就像这首诗的结尾那样："就在彼得堡，在光里发光，成为光。"

"来吧，兄弟，来找我，来莫斯科。"（《愿望》）在《莫斯科森林》这一组诗中，太阿起句的呼唤像一句电影台词。1703年，彼得大帝打败瑞典军队，在他攻占芬兰后的几个岛上建立了以他名字命名的新城堡，1712年，他把首都从莫斯科迁到彼得堡。1918年3月，布尔什维克则决定重新迁都到莫斯科，莫斯科离彼得堡600多公里。彼得大帝迁都那是帝国雄心勃勃的表现，布尔什维克迁都则显出了恐惧和情绪化。圣彼得堡和莫斯科的关系是不合句法的关系，它们之间的差异不在于坊间玩笑而在于大师的观察，托尔斯泰在《战争与和平》中借彼埃尔的话说，莫斯科和圣彼得堡"两者之间的最大不同，就是前者的忙忙碌碌和后者的闲情逸致，莫斯科人总是脚步匆匆地奔走在各个地铁站之间，圣彼得堡人则有着更多的时间和心情在涅瓦河畔不紧不慢地散步。"太阿在观摩新老两座首都城市时并没有作横向比较，而是以非同寻常的智慧继续往纵深处挖掘，"设想在河边作一次稍长散步，切入历史建筑综合体"，他在诗中说。

太阿依旧保持着他的特殊的行动句语调"低吟普希金、阿赫玛托娃的小抒情诗，"对于诸如托尔斯泰的"战争与和平"和果戈里的"死魂灵"，他呼出了与我们以往的阅读经验相抵牾口吻，他似乎在埋怨："太沉重！"他的姿态太轻盈了，他说："一个诗人初来，必须学会谦虚，/必须学会用耳朵倾听草垛的回声。"以"莫斯科"为主题的这组诗里，太阿在文本与现实的张力之间如闲庭胜步般观剧，历史与权力、宗教与革命、战争与时尚、公民与囚徒、地理与建筑、大师与生活等等熔于一炉，尤其令人震惊的是在《导师》一节中，他提出了一个严峻的问题："我们需要导师吗？"我相信诗中的这些熟悉的词语已经替代了答案："红色花岗石"、"黑色长石"、"钢筋混凝土"、"水晶棺"、"五角红星"。

如果要拿以"圣彼得堡"和"莫斯科"为中心词的两组诗作比较，我看到了太阿在集体记忆和个人感受之间的沉思，他没有对历史处境进行夸张雄辩，而是坦率地诉求于现代性反诘，诗的善意绝不愉悦于历史，也不愉悦与每一个人，包括读这首诗的你和我。

太阿写于巴黎的《自由的赞歌》看上去是对拉伯雷和雨果的规划建筑师精神的一点继承，巴黎作为一种题材而非法国首都引起诗人的巨大兴趣，强烈的符号化了的巴黎被更确切地界定为：大革命、巴黎公社；戴高乐、凯旋门；路易十五、路易十六、丹东、罗伯斯庇尔、刽子手、断头台；香榭丽舍大街、时装精品；香水、情人；第十八街区、红磨坊；普罗斯旺、熏衣草；波尔多、葡萄酒……当他像个拥有一身词语细胞的梦游症患者失落于无人认领时，我读到了他的《探监》："我曾经想象过诗是监狱里的灯光，幽暗、荣耀且孤独，而我们止步于此，喧哗或孤独"；太阿的现代性意识太清晰了，如在剧间紧张休憩时思考到了瞬间非此刻，他以直陈的方式面对人类存在的真实状况。

"一个不由自主的人在这里，／看见一片片废墟想要复兴夕阳和格言，"关于意大利，在《在意大利》组诗中的《废墟》里，太阿已经发现了一种久已疏远的个人语境，这里和俄罗斯的情形有些相似，如果普鲁斯特再世，还会写出另一个版本的《寻找逝去的时间》。所以，太阿用罗兰·巴特所说过的"语言艺匠"的口气感慨"一切陷入回忆，／但没有人以饮啜回忆获得新生，／只有废墟。"这几乎是太阿的招牌技术了，他有严重的恋词症和媚古风格的空间意图，意大利的古罗马在太阿笔下也是符号化了的：元首、元帅、最高执政官、终身保民官、大祭祀长、首席元老、角斗、罗马皇帝、斗兽场、佛罗伦萨、威尼斯，等等；不论它有多么悠久辉煌的历史和更令人折服的魅力，也不论但丁或米开朗基罗如何建筑它的灵魂，太阿写出了一种开阔的坍塌感；他说"我也不能忽视每一个细节"，他用城市意象和历史意象为我们揭示了一个秘密：意大利是一个戏台子，不受任何文本的影响。

《在梵蒂冈》这首诗显得有点特殊，尽管梵蒂冈被视为"世界的中央"，但太阿却发现了一种啼笑皆非的尴尬感，这首诗写得毫无庄重感，他还没有按"新历史"的规则祛宏大历史叙事的魅,重复消费主义的念头也是一闪而过,他更像一个不伦不类的祭奠者,那就是日常的造物,"圣人们在灰暗的风中等待阳光灿烂"。

《角斗》一诗可以说是太阿或《证词与眷恋》这本诗集中的代表作之一,诗人丁燕曾经以《太阿的救赎之路》为题细读这首堪称杰作的诗篇:

"诗歌之路是残酷的:那些你目光所及的,你耳朵所听的,你嗅到的或碰触到的,乃至闪过你心头的灵光,如果不能被更大的力量所提升,转化为对文明有用的思索,便只能作为一种日记,存储于个人床头。比之游牧和农业时代,工业时代的便利交通大大拓展了人们的活动空间,在游历了更遥远的外部世界后,如何收拾起那些感觉碎片?如何将平面图像般的记忆,以多疑的、拆穿的诗歌思维深入下去?让我以太阿的《角斗》为例。"

"进入这首诗歌的内核,可通过三个层面:一是面对角斗场的一般视觉经验,二是角斗场所蕴含的更广义的文化元素,三是经由角斗场而衍生的冥想。诗人由最细琐的视觉经验出发,经过徘徊、逡巡、考究、探问,最终抵达最深处的宇宙,并顿悟出我和世界的关系。当这些枝形文字神奇地将时空发生翻转和变形后,读者如一个负重爬山的人,在与诗人一起经历过惊恐、虚弱和顿悟后,最终达到平和无惧,轻松自由。"

"是的,我来到了罗马,来到了角斗场,我太过方便地来到了这个著名之地,但我要从下笔?我清醒地意识到,我是个有局限的观察者,所以我不会和那些专家竞争,只要被别人描述过的事物,我就不会再发表一言半语,我的语调一直是暗示性的,我的旅行将是一个被仔细探索过的,独属于我的世界。但观察是第一步。惟有透过观察,才可能发现问题,而后用实验的论据来解答(类同科学家)。我看到:铁锁沉重、最后的阳光、晒黑的皮肤、80道拱门、皇帝上翘的眼睫、俘虏褪色的脚毛;我动作:捏了一把泥,感觉,手指上血迹斑斑(人们在这里的表现多像野兽)。但我目击的这一切都有隔阂，我"被拒绝在外"，我和这个西方世界的圆，过去的圆，非我族类的圆，并无关系。"

"果然无关吗？这个角斗场里散发出的攻击、暴力和野性，真的已成为一个景点？在这个将人作为献祭的场所里，征服者表演蹂躏，制造荒漠，令鲜活生命陷入冷漠窥视。因为我不是角斗士，不是观众，更不是造孽的皇帝，所以，就可超然世外？我将如何书写接下来的猜想？疑问指引着我的眼睛来安排、编组那些碎片，当我"仔细做过功课"，"开列一份清单"后，我看到了什么？"三叉戟和网，刀和盾"。之后，一个可怕的场景浮现出来：每个人都站在角斗场的中央，成就着他"没有头盔的失败的人生"，当他恳求慈悲，"天空的手心却翻然向下"！这歧路上的骇人景象，令我陡然明白一件隐蔽的事实：我将无法遁逃出角斗场的那个圆，那个貌似被废弃的圆。事实上，那个曾经的血腥之地，它依旧紧紧连接着罗马，连接着世界，以及世界上的每一个人。我亦身处其中，如那些过去的角斗士般，受抑制，受折磨，被征服。这顷刻暴现的真相，令我"夜晚盗汗，甚至遗精"！

"新一轮角斗仍在继续。当我获悉现实的苦厄面貌后，猛然勃发出：
"我不能示弱"！我降下游客置身度外的视角，更加贴近了人的生命现场。我将体外和体内的两颗心脏重叠，融为一体。在更大的孤独、更多的沮丧、更深刻的迷茫来到之前，我要从这种沉沦中挣脱出来。我并非无情。在对角斗场进行了那些节制、知性的低温描述后，我要展现一种神奇的光，一种可能，或一次神迹。我许下我的诺言："我要守护好钱包、良心和胸中愤怒的兽"。我太过直率地说明着自己的内心，几乎不留回旋之地。我依旧要爱，相信爱，对这个已脆弱不堪的世界，持有仁爱之心。通过这个西方景点，我收获到了东方式的救赎，让自己成为最温暖、最明亮的人。"

"述行"和"意图"主要表现在德国之旅上，德国之旅有着黑铁的成色，凝重但弥漫其间的失败感占其主导性地位；太阿在《德意志之歌》组诗中慷慨赞叹德国的工业、建筑、诗歌和哲学，也返视这个诞生纳粹之地的狂野和目空一切。和他一贯的平行叙事一样，太阿喜欢并置两个以上的意象于同一空间，这是他的诗写的动力学原理之一，读者往往能够看到词语凝聚的爆发力。这是什么？这是一种特殊的失常写作，而且，只有德国配得上"失常"这个词，这个既产生歌德、贝多芬、瓦格纳、康德、尼采、海德格尔也生产纳粹、希特勒、柏林墙的怪物一般的国度，近现代以来不断"以国家、民族、领袖之名"（《希特勒的桌子》）对世界发生病态的冒犯，这是德国的品味之一，在这里可以用得上萨德的认识："人，由于其独特的品味，是病态的。"

但太阿及时在诗中灌注了传统的人道主义。取悦我们的其实往往是很无趣的东西，我的阅读逻辑告诉我应该警惕什么，比如，越靠近真理的东西很多情况下越应被禁止。《在柏林墙理查检查站遗址》一诗中，我们最熟悉的画面被太阿精确的绘出："3.5米高的墙""75型围墙""302座瞭望台""2米高铁丝围拦""22个碉堡""600只警犬""6-15米宽无草皮空地，埋有地雷""3-5米深反车辆壕沟""5米高路灯""14000名武装警卫""2米高通电铁丝网""1065个黑色十字架"，这些丰富的数字对应着一个"涂鸦者"，"涂鸦者"面对着一个像哥特式建筑的数字结构。柏林墙理查检查站遗址是太阿笔下的现实主义风格，正经、沉闷，令人恐惧却又伸出嘲弄的嘴脸，"而许多游客纷纷去买高压锅"，这是对哥特式数字建筑结构的一种东方主义式装饰。

奥地利之旅的组诗《音乐之声》是太阿的颂歌性质的美学秀。王国维在《人间词话》里说"温飞卿之词，句秀也；韦端己之词，骨秀也；李重光之词，神秀也。"太阿之诗，融温飞卿之句秀和李重光之神秀于一炉，工于造语且感慨情境，它确信世界是可以描述的，所以对题材的处理能力符合常规剧情；对奥地利，他并不敏感于任何事物，在世界和语言所指的对象间措辞自如，"我的灵魂像斯华洛式奇水晶遭遇燧火／自恋的美丽难以自拔。"(《在茵斯布鲁克》)相比于德国之旅的严峻和独一无二性，奥地利的确使人轻松，表现在太阿的诗中便是流连忘返，就像他在《维也纳之声》中写下的那样："就像诗，在历史和现实主义森林中／学会信任孤独，并把孤独变成音乐之声"。

可能是受瑞士钟表业和政治立场的启发，太阿的《瑞士诗篇》处理了两个主题：时间和人道主义。他擅长引用性的结构和面对事物时建立起主观的"形而上学"，对叙事的过度发力常常使得太阿在诗写的推进中忽视细节，遗憾的是，即使是以细节闻名的精密制表业也没能赋予他细节的价值，这会导致他不断复制自己的整体性经验。

组诗《瑞士诗篇》从节奏上看缓慢了，主要表现在太阿减弱了对词的堆积和聚集，前面的几组诗，太阿在用词上的虐待狂般的习惯形成了令人恐惧的窒息；《瑞士诗篇》有所抑制，比如，太阿将其中的一首诗干脆命名为《慢船》，被慢下来的句式和呈现其自身内容的词互相抵消了力量。不仅在《证词》和《日内瓦的忏悔》这两首诗里，在整个《瑞士诗篇》里，"证词"和"忏悔"是他着力的地方，但你却不会在每一行诗间发现作为原初意图的"证词"和"忏悔"，对原意的丢失恰恰是他在文本的不可能之间实现的某种可能。

对单行诗句的态度，太阿融合了策兰式的苦心孤诣加工与惠特曼留下来的激情传统的继承。太阿固执地执行于一种看上去越来越"乏味"的形式——从名词进入叙事的意象风格和外物内化的空间局限，哲学上可疑和诗学上稳固的一种语言准则，自视甚高的雪崩般的句子，臆断历史的现实主义。

甚至我都要将太阿视为诗人里的"地图控"了，理科生式的极其冷漠的描述语言是他的一大特征。他生怕对书写的对象在书写过程中丢失什么，所以他的修辞剩余是某种实体化的状态，比如在《风车与郁金香》这一组中写鹿特丹："两条大河（莱茵河与马斯河）汇合处的渔村"，"一切在沼泽地上建立，/除了建堤坝，挖运河，修铁路，连同四方，/更因自由、市场、保税区的网。"（《鹿特丹信仰》）一座城市几乎被网格化分解，面无表情的大量的铺陈，直到结尾才写出了基于自由和享乐主义的所谓鹿特丹信仰。不习惯太阿风格的人很容易将太阿的句式定性为赘冗而闹腾，的确，他的"重复"从不经济，更令人难以置信的是，他竟然将这种"重复"的顽念发展成为一种个人的经典教条。

太阿诗中难以抑制的独特语调让他的诗拥有了巨大的回声，把感官力和思想力同时容纳在一首诗中，色彩和声音的复合物式内化给人一种游戏的感觉，高密度词语的压强让他喜欢呈现一种突然释放的力量；就太阿的令人生疑的诗人形象塑造，不知道的人还以为他热衷于狂歌夜饮，其实他更像老城旧街区某个酒馆里的一个孤独的常客。

组诗《风车与郁金香》里的《海牙审判》提到了良心，"良心系于和平宫红木底座景泰蓝大花瓶上。"但整体"审判"的氛围却是轻佻的，他问："谁还记得那场审判？"《阿姆斯特丹的船》和《当风车遍布原野》让他的观察再次提出了问题："这算逆时代车轮吗？"这两首是从外部场景描述的经济学之诗，散布着混乱但在政治和伦理上又有所讽刺。《滑铁卢》写了"失败"，但他和蚩尤联系了起来，犹如镜像反射，他在诗中倦怠的阐释黑暗。

表面上看，所有的诗都是一首诗，他漫游的故事也是他生活的故事，这话用在太阿身上的确有点近乎诋毁，但诗写的难度也恰恰在此，利用剩余修辞区别流行的观念，让诗的制式在重复自身时反对重复本身；他的散文化叙事即使让人产生了怀疑，对陷入时间局限中的人来说，他为句子配制了丰富的历史场景和当下生活色彩，每一首诗又都将再次证明，他犯的错误也是存心设计出来的。

我们看到了好兵帅克、肖邦、卡夫卡、辛波斯卡和米沃什，文化意义上的悖谬地标如布拉格，从《蓝色多瑙河》这一组开始，太阿的漫游在中东欧地带；这是继俄罗斯之旅之后，充斥其间的"流亡"意识如同黑色的禁忌又一次迫近读者，他意识到了"政治"和"意义"的危机；他敏感于"反政治的政治""雨伞已没有什么意义"（《在华沙》），更悲伤于"伟大的无意义"（《从华沙到柏林》），我们可以质疑太阿的"流亡"意识先于"意义"的预设，但这只是他中东欧之旅的一个较弱的隐秘表达，他的强劲的诗意仍然折射于诗中的对自由的信仰。阴冷曲调的是《从肖邦开始》，但他激动和充满痛苦的热情："一个人就是一个国家，我偶然遇到这个国家的泪水，但幸有音乐，在寒冻中温暖颤抖的鸽子。"

太阿已经写出了叶芝式的"将悦耳的声音融为一体"的诗篇，瞧瞧慢板调性的《在蓝色多瑙河上》："灰暗的河流边，黑色土地上生长／褐黄嫩黄金黄翠绿的小麦、玉米和青草，／两岸排列的城堡、要塞构成帝国疆界，／水上的船不再匆忙运送着谷物、葡萄酒／瓷器、蜡烛与混血的姑娘。"《卡罗维发利的波希米亚阳光》则以电影慢镜头的方式热烈地讲述"幸福的旅程如同爱"，不过他还是深刻意识到了"灵魂永远比修辞重要"（《布达佩斯的音调》）。看到提示性的标题"布拉格之秋"容易让人回到"布拉格之春"的历史情境——共产主义—法西斯主义引发的意识形态和军事危机，语境转换"如同红瓦屋顶上变化丰富的云，／黄墙转换的巴洛克和哥特式立面。"（《布拉格之秋》）他写到的"天鹅绒革命"如"涂抹在时间的停顿和伤口处。"介于维吉尔式田园风光和残忍的政治集中营之间，一首诗该怎么完成？太阿的凝视和流亡的诗人、知识分子一样，目睹了毁灭和溃败，但他的坚如磐石的意志如他的一句诗："他不愿加入到生者的合唱"。

从《梦幻之城到岛梦》这组诗开始，太阿开启了其好莱坞式的美国之行，诗歌也如一部大片"搭上玛丽莲梦露的肩"、"恩塞纳达的蓝色裙子"，作者一而再地向好莱坞、环球影城、迪士尼等西方文明致敬或质疑。

正如诗中所张扬的，"每一个在路上的人都能找到黄金。"（《黄金》）《太平洋西岸》组诗可以视为太阿向惠特曼的局部风格致敬之作，欧洲之旅的被历史和当代现实缠绕的夸张滞重与道德困境结束了，他的心情与漫游始终保持着同步。用另一种方式——沃尔科特式——来表达他的重写实行为，将欢乐和幸福感压在诗行之内，如"蓝色海水在镜头中立即黑成碎银。／栈桥尽头白鸽荡漾，巨舰平缓地进出"。（《圣地亚哥，老灯塔与海滨墓园》）美国胜景令人愉悦，晚期资本主义的后现代气息扑面而来，他和米沃什的平视视角一样，"将荣誉归还给事物，只因为那是它们固有的"。

加强版的维吉尔风格的《从大峡谷到大瀑布》这一组是关于自然景观的，我相信太阿相当自信于他的抒情能力，在这些浩大、成熟的诗篇中，他遵循了快乐原则，撵跑了之前知识分子式的空洞悲伤。《变奏的〈大峡谷〉组曲》借鉴了音乐风格，《尼亚加拉大瀑布：三个场景》的转化，显示了高超的技巧，无疑是关于自然诗歌中的杰出篇章；而《沙漠松，或约书亚》等让我在自然中读到了宗教与悲悯。

但《星光灿烂的旗帜》这一组诗则有着如诗中所展示的"阳光把漆黑的破裂的铜敲成钟声"（《自由钟》）强劲色调，这才体现了美国的底色，甚至我们可以这样说，在太阿的这一组诗中，我们似乎看到了我们曾经的预期被实现，即诗歌会带来自由和快乐。《巴尔的摩，乌鸦》像一部朽怀的电影，场面感清晰可辨；"乌鸦"这个诡异的意象反复出现，但正如诗引爱伦·坡的"他属于神圣的古代"一样，这首诗从"乌鸦"的命运曲线上转到了某种预言："招来日月星辰，带来火种。"《华盛顿哥伦比亚特区，自白派》和《曼哈顿战争》充满了政治的快感，这是一种可靠的情境反讽形式。《波士顿》讲述契约与道德的需要，《第五大道上的临时演员》显得诙谐幽默，《纽约时报广场十字路口》试图衔接商业和艺术，《在中央火车站附近天桥上》如破坏一个被隐匿个人性的肖像而仅为"取悦一个影子"，《洛克菲勒广场花园》以数字而非形象呈现，《联合国总部旗帜下》更像一个剩余反讽的文本，《2016年8月16日，零地带》是纪念性的，《华尔街睾丸》从任一个金融侧面构成一个形式化了的表意整体，《在纽约，在纽约》将表情的细小波动融化于始终如一的身体形式中。

美国之旅是一种缺乏民主的形式主义之作，太阿注重在细节上的力量使用德里达的"重复性"和"引用性"逻辑，他的表情和语调始终保持了一种庄重的稳定、严肃，对他来说，庄严反而比癫狂更好。

《证词与眷恋——一个苗的远征 I》结束于《飞越或经停》，这首诗一共8节，略长，他拥有激情的想象："荷马或但丁的内心"。太阿喜欢在诗中重现他的知识性，还要释义"我其实更愿意诗篇变成废墟"，感觉像一个"流亡异国"的知识分子。

我读到的太阿的诗，从《飞行记》开始到《证词与眷恋——一个苗的远征 I》，他一直在途中——远行、漫游；其诗写风格基本稳定，但细读之后会发现有新的变化。太阿以一个苗、一个少数的眼光试图从空间进入历史，从身体进入心灵，将世界性的知识经验和时事地理景观结构到个人的现实中，以达到某种共时性状态，并在远古神话向现代神话过渡的形态中找到诗性的立意与立言基础。诗歌大多都立于当下或瞬间，或从历史、宗教、传说中来，或从建筑、自然、爱情中来，有甚至"一个诗人就是一个国家"。这些"更新自我"的诗体现了一种"对世界文化的乡愁"，为文明的存在留下证词，也留下眷恋。太阿的诗歌从文明的源头获得崇高性、沉思性和巨大的抒情张力之后，开始富有音频的流动，时而迅捷，时而缓慢；时而清澈，时而泥沙俱下，最终恰如其分地实现历史、现实和个体的平衡，并画下时间的"自画像"。

他无惧别人的警告一意孤行于语言的垒积并为此洋洋得意，我们领会他的立场，与正见决裂，又不失创造性活力，让诗篇具有厚实和极端的规模感。规模感是什么，如果你对史诗有敬仰，你就知道太阿为什么痴迷于体量性的工作，这是对史诗灵魂的信任也是一个诗人在语言金字塔的基座地带产生的幻觉。

太阿的主题处理能力和风格的确立，不转换语调和语感，分布式的词的技术，宏伟、端正、均衡，表面上看像一个形式主义者，实则更像一个逻辑主义者；太阿经常会在诗中表现出一个数学家的思维，他可能忽视了句法规则与符号的不同，在严格的语言学意义上，数学方式只是一个诗写的辅助手段而已。

《证词与眷恋——一个苗的远征 I》总体看起来是奥登与沃尔科特风格的融合，究其实质不是享乐主义的，以我对太阿的了解，这是一部略有挫败感但主题强劲之歌；形式上他执迷但绝不不囿于古典的柱式结构，词语镶嵌的叙事结构又带有巴洛克艺术的特点，如果我们将太阿的文本视作一座座宏伟的建筑，一定会看到情感的体积与强烈的光影变化，漫游这个主题发生的惊奇效果如同一道道博喻的胜景。我在这个胜景中看到了一个苗的孤独，即"人类孤独"。

2017.1.29 呼和浩特

后记

《证词与眷恋 —— 一个苗的远征 I》整理完成时，正值一个如春天般温暖的冬夜，时间逼近凌晨，元旦已过，春节将至，空气中开始散发出年的味道。回想这部诗稿，跨越了六年之久，我想起约瑟夫·布罗茨基的一篇文章：《旅行之后，或曰献给蚩尤》，我立即给这篇后记取了如上标题。

这些年来我在旅行吗？不！我很讨厌"旅行"这个词，尤其对于我的诗来说，我更喜欢用"漫游"这个词。走过许多国家，我多以自驾、自助的方式进行，对我而言更重要的是历史、城市、宗教、人物、风俗与诗歌，当然我对美好的自然与食物也十分向往。只有漫游才能真切地了解并爱上这一切；只有漫游才能找到对话、争论、交锋的时间与地点。无论漫游如何开始，它们的结局总是相同：不同于约瑟夫·布罗茨基，我总会在酒店或汽车旅馆激动地记下一些词、句子，甚至完整地写成一首诗，然后继续往前走，直到回到家、故乡、祖国；然后完整地把诗写出来，然后搁在一边，等上几个月或几年再翻动它，略作修改润色。这个时候的我十分愉悦，好像又重新踏上路途。诗对我而言，除了抵抗无趣与死亡之外，也抵抗着遗忘。

为什么献给蚩尤？在我的第三部诗集《飞行记》后记中我曾说："因为我至少拥有八分之一的苗族血统，这使我更乐于以一个'少数'的眼光去看待世界"。蚩尤作为苗族的始祖（与炎帝、黄帝一起为中华民族三大始祖），死后化作邓林（枫树），其子孙流散四方。蚩尤，一个失败的英雄，同样创造了伟大的文明和传统。在全球化的今天，许多民族的语言、文化、传统消失殆尽（苗族就丧失了文字），文明正面临着前所未有的巨大危机，这也就是为什么近年来反全球化浪潮越来越声势浩大的原因。献给蚩尤，就是向世界上所有的民族、传统和文明致敬。如果非要问我生存在哪种阴影下，那就是蚩尤。

但我毕竟致力于做一个诗人，而非政治家、哲学家等，那么在诗歌的座标系中，我在哪里？这是一个值得一生去探索实践的问题。一个苗独自远征，穿越时间和空间的漫游，也是我进入自己的内心王国的探险，这内心王国也即我作为一个少数的历史与背影。"使过去的事物显现于眼前，我们甚至倾向于相信一个诗人仅仅因为他可以在一座存在于两前年前的城市的街道上漫步而获得不止一个生命。"米沃什说："一个单向度的人，希望通过穿戴其他时代的面具和衣服，体验其他时代的情感方式和思想方式，来获得其他新向度"。我深以为然。在这个世界上，只有时间和美才能救赎自己。而距离是美的灵魂，过去是用时间编织的"永恒的颜色"。 世界将被美拯救，即使我对文明的命运仍然疑虑重重。

对于诗歌，我相信约瑟夫·布罗茨基的说法："诗歌首先是一门关于指涉、暗示、语言相似性与形象相似性的艺术"。我相信，赋予某个地方一种抒情的现实，乃是比发现或开发某个已被创造的地方更富想象力也更慷慨的行为。而诗人唯一拥有的武器就是语言。我的语言来自哪里？"伟大艺术品的阴魂在诗歌中尤为明显，因为诗歌的词语远不如它们代表的观念那样易变"，因此漫游世界也是我向大师们学习的重要契机，尽可能通读他们的诗篇、著作，从而产生对话的欲望和可能。如果说约瑟夫·布罗茨基某一阶段写诗是为了取悦威斯坦·休·奥登的影子，那么我写诗则是为了获得进一步倾听那些伟大灵魂的机会，同时向他们致敬。当然，在这里我不必强调我读过诗经、屈原、李白、杜甫，听过古苗歌等，这些是我们共同的分母，差不多相同的出发点。

这本诗集展现了当代历史生活和个人生活，大多数诗篇都是面对一座城市、一道风景、一个因历史而发的一个问题、一段沉思或一个人，甚至

"一首诗就是一个国家"。历史的废墟，过去和现在，个人意识的废墟，颂歌或哀歌在瞬间产生。因此，此书是时间之旅、空间之旅，也是个人意义重大的爱的瞬间之问。我希望这些"更新自我"的诗能够体现我的"对世界文化的乡愁"，为文明的存在留下我的证词，也留下我的眷恋，如同故乡。事实上，当我在世界各地漫游时，总是一次次想到故乡，并以故乡为观照。记忆犹深的是2014年6月，沿莱茵河谷驱车至科伦布茨，两岸风光就让我想起故乡麻阳锦江及上游两岸的风物，而到海德堡时，我在心中则立刻喊出了"故乡"。这种激动甚至用诗也无法表达。

只有认识到世界和写作的残酷性才能继续写诗。河流之所以成为河流，不仅仅在于水，更于两岸高山和水中礁石等形成的磁场和气象。我对自己说："远离主流，更加诚实，找到并创造自己的传统，以自己的声音说话"。写作的过程就像独自漫游，通常需要承担语言不通、知识欠缺、交通中断、天气恶劣等等压力，尤其是孤独，但正因为有孤独、理智、悲伤、欢欣、虚无，写作才成为一项有意义的事情。对于个人而言，写作能恰如其分地实现历史、现实和个体的平衡，并画下时间的"自画像"。

谨以此书献给我日渐苍老的父母，再伟大的远征，最终都将回到故乡。时隔三年，今年春节，我将回到故乡麻阳过年；之后继续漫游，继续写作。一个苗的远征，仍在路上。

太 阿

2017.1.9 深圳